Le Saut vers la liberté

Patrice Romedenne

Le Saut vers la liberté

roman

PLON
www.plon.fr

92, avenue de France
75013 Paris
www.plon.fr – www.lisez.com

Mise en pages : PCA
Dépôt légal : octobre 2023
ISBN : 978-2-259-31780-1

À mes parents

« Tout mouvement, de quelque nature qu'il soit, est créateur. »
« Ne jamais souffrir serait équivalent à ne jamais avoir été heureux. »

Edgar Allan Poe

Une image vaut mille mots

Le flair journalistique de Karl-Heinz Hagen ne l'avait jamais trahi. Il sentait systématiquement les coups éditoriaux. Quand il pensait tenir ce qu'il appelait la « queue d'une histoire », le rédacteur en chef du *Bild Zeitung* professait qu'il suffisait de tirer dessus pour que la clarté inonde le monde et que se révèle le sens des événements. « Rien n'arrive par hasard », disait-il. Aussi, quand on lui présenta Peter Leibing, manifesta-t-il plus qu'un intérêt de courtoisie pour le jeune homme qui se dandinait devant lui, il montra de la gourmandise.

— Vous dites que vous avez photographié un vopo qui faisait défection ?

— J'ai pris une photo, mais je ne garantis pas le résultat.

— Vous avez raison, il faut toujours rester modeste.

Le journaliste chevronné jaillit de son fauteuil.

— Pour savoir, il faut voir. Venez, suivez-moi !

Le jeune photographe lui emboîta le pas. Ils traversèrent la rédaction, empruntèrent les escaliers, descendirent trois étages, rasèrent les murs noirs d'un couloir qui débouchait sur un autre escalier, plus étroit, menant au sous-sol. Nouveau couloir et, pour finir, une double porte battante que Hagen percuta bruyamment. À défaut de comprendre l'empressement de son guide, Peter s'aperçut qu'il avait été entraîné au service photo du journal. Dans son sillage, il allongea la foulée pour éviter que la double porte se refermât sur lui.

— Que nous vaut la visite du patron aujourd'hui ? s'étonna l'homme qui travaillait là.

— Une urgence.

Hagen tendit le bras, et mit sous le nez de son interlocuteur une pellicule qu'il tenait entre le pouce et l'index.

— Besoin de voir les négatifs. J'attends.

Le laborantin s'enferma dans la chambre noire. Quand il réapparut, il invita le duo à le suivre jusqu'à une table lumineuse, et tendit une loupe à Hagen, qui s'en saisit et se pencha au-dessus de la table.

— C'est celle-là ?

Il donna la loupe à Peter qui, à son tour, scruta le négatif.

— Oui. C'est la photo du vopo.

Hagen se tourna vers le préparateur.

— Ça m'a l'air propre… Mais j'ai besoin de voir comment ça sort. Fais-moi un tirage.

Tout en parlant, Hagen s'était rapproché de la chambre noire. Il s'y introduisit, précédant Peter et le laborantin. S'il devait arriver, en cet instant, ce qu'il espérait, à savoir qu'une création prît forme et que, par la grâce du miracle argentique, l'Histoire s'écrivît, il voulait pouvoir témoigner de sa genèse… Son intuition, une fois de plus, ferait merveille. Il le comprit dès que le laborantin glissa le négatif dans le projecteur et fit le point.

À la vue de l'image agrandie projetée sur le papier photosensible, une vague de satisfaction monta en lui. Le manipulateur déposa la photo dans le bac de révélateur. Alors survint le lent miracle de la photographie : une infinité d'atomes d'argent formèrent une première tache noire sur le papier immaculé, puis une deuxième, une troisième, puis d'autres, moins prononcées, plus nuancées, comme si la main d'un invisible aquarelliste était à l'œuvre. L'esquisse prit forme, les contours se dessinèrent, une botte apparut, puis la silhouette du vopo. Le grain s'affirma et la définition s'affina, jusqu'à pouvoir compter les épines des barbelés dont la ligne, au sol, donnait tout son sens à la captation de l'instant.

L'ampoule rouge qui pendouillait à un câble électrique tombé du plafond de la petite salle de développement dispensait un éclairage fantomatique. Les visages n'en semblaient que plus graves. Chacun observait en silence. Peter sourit. *L'image est plutôt belle*, se dit-il. En fait, elle était bien plus que cela, mais à cet instant le jeune homme n'avait pas idée que la photographie de ce soldat est-allemand passant à l'Ouest entrerait un jour au musée, inspirerait une sculpture, hypnotiserait des millions de touristes.

Du bac de révélateur, la photo sauta au bain d'arrêt puis au bac de fixage. On ralluma la lampe.

— Nom d'un chien, vous l'avez saisi à la perfection ! s'exclama Hagen.

— J'ai eu de la chance…

— Le talent a souvent de la chance. Vous apprendrez que dans ce métier, ce sont toujours les mêmes qui ont de la chance. Quel âge avez-vous ?

— Vingt ans, fit Peter.

— Vous démarrez fort. Vous faites du conceptuel sans le savoir ! Vous auriez prémédité les choses que vous n'auriez pas fait mieux.

— Du conceptuel ?

— Cette photo dit que le communisme est dangereux et qu'il faut le fuir.

Le laborantin regarda l'image plus attentivement.

— On ne voit pas son visage. Qui est-ce ? demanda-t-il.

— Un vopo.

— Ce n'est pas le premier à fuir la RDA…

— Oui, mais c'est le premier que l'on prend sur le vif, rétorqua Hagen.

— Vous pensez publier la photo ? s'enquit Peter.

— Oui, et je crois qu'on ne sera pas les seuls. Mais on sera les premiers.

Hagen prit le jeune photographe par l'épaule et, regagnant la rédaction, lui asséna :

— Nous sommes des passeurs. Deux quêtes fondamentales doivent nous animer : l'expertise et l'émotion. Aucune expertise ne montrera mieux que cette image le fait que les piliers du régime communiste n'y croient plus eux-mêmes. Quant à l'émotion… Regardez ce vopo : vous l'immortalisez au moment idéal ! À cet instant, il n'est plus communiste, mais il n'est pas encore tout à fait libre. Il n'est plus allemand de l'Est, mais il n'est pas encore de l'Ouest. Il est seulement allemand. Toujours vivant, potentiellement mort. En suspens. Il est en pause. Votre photo est aux événements qui s'accumulent ce que le soupir est à la grande musique : un moment de silence dans notre Histoire. N'oubliez jamais : expertise, émotion ! Au bowling, on dirait que vous avez fait un strike, mon cher ami !

Parvenu au troisième étage, Hagen hurla :

— Conférence de rédaction. Dans mon bureau ! Maintenant !

Puis, se tournant vers Peter :

— Comment il s'appelle, ce vopo ? Vous avez son nom ? On en a besoin pour légender la photo.

— Oui, attendez, j'ai noté ça, répondit Peter en fouillant dans la poche intérieure de sa veste.

Il sortit un calepin dont il feuilleta quelques pages.

— Voilà. Il s'appelle Schumann. Conrad Schumann.

PREMIÈRE PARTIE

1

Zschochau

Dans les Allemagnes de l'après-guerre, mieux valait grandir du bon côté.

À l'Est suintait du discours officiel la promesse d'un paradis terrestre auquel chacun devait croire. Son avènement était annoncé comme imminent. Demain, après-demain, un jour : tout viendrait à point à qui saurait se payer de mots…

À l'Ouest, la parole était libre et la pensée plus fine. On endossait la responsabilité de ce qui s'était passé et l'on s'efforçait de rebâtir en pénitents auxquels la providence du plan Marshall avait redonné courage et perspectives. On savait où l'on allait, et c'était suffisamment nouveau pour s'en contenter.

Conrad, lui, était né en 1942, à l'Est. Du mauvais côté. Et, parce qu'il existe une gradation dans l'infortune, au mauvais endroit du mauvais côté : à Zschochau. La Saxe regorge de ces petits villages où il faut avoir vu le jour pour savoir en prononcer correctement les noms.

Au sortir de la guerre, Conrad avait grandi, comme tous les enfants de sa génération, dans le culte d'Ernst Thälmann, ouvrier parvenu au sommet du Parti communiste allemand, deux fois candidat à l'élection présidentielle en 1925 et 1932, deux fois battu, emprisonné par les nazis, puis assassiné à Buchenwald, en 1944, sur ordre de Hitler. Un martyr. Ce totem de la résistance communiste avait légué son patronyme à la postérité. À l'Est, pas une ville, pas un village qui n'eût sa rue, sa place, son école ou son parc Thälmann. Les termes de son culte étaient sans ambages : « Ernst Thälmann est mon modèle, je prête serment d'apprendre, de travailler et de lutter selon son exemple. Je respecterai les lois des pionniers Thälmann. Conformément à notre salut, je serai toujours prêt pour la paix et le socialisme. »

Le salut, la paix, le socialisme… La RDA d'après-guerre éduquait avec des mots-clés. Elle le faisait au service d'une seule priorité : la dénazification. Le projet était indissociable de l'implantation du communisme, qui s'incarnait dans pléthore de manifestations culturelles. Des événements qui, jusque dans les coins les plus reculés du pays, enthousiasmaient l'ouvrier et le paysan, incarnations héroïques des deux classes sociales officiellement reconnues par le régime.

Ce fut ainsi que le mercredi, Conrad assistait volontiers aux ateliers de la culture. Il s'y rendait dans le sillage de ses parents, comme on obéit à un rite dont il lui semblait qu'il avait toujours existé. D'une semaine l'autre, sans trop savoir ce que l'on venait y chercher, on se pressait dans l'annexe de la mairie, où la programmation variait. Un jour, c'était un spectacle de danses folkloriques, un autre, une représentation d'une chorale populaire ; une semaine, la diffusion d'un film sur la chute de Berlin, la suivante, une conférence sur l'héritage de Bertolt Brecht. Brecht était d'autant plus célébré qu'il avait fui le nazisme et qu'installé en Californie, il avait su échapper à la chasse aux sorcières orchestrée par les défricheurs du maccarthysme. À présent, le dramaturge faisait la fierté de la RDA, qu'il avait regagnée en 1949. De lui, Conrad ne savait pas grand-chose ; ce n'étaient pas les livres qui encombraient la ferme familiale. Mais à force de conférences, il pensait avoir retenu l'essentiel : pour avoir tenu tête aux Occidentaux, ce Brecht était admirable, et sa célébration s'inscrivait bien dans le mouvement de dénazification, dont Conrad eut l'occasion, au détour d'une affaire qui marqua la mémoire locale, de mesurer qu'il ratissait large…

Conrad avait huit ans lorsqu'au cours d'une soirée politique, il entendit parler d'un certain Hermann Josef Flade. Flade était un lycéen originaire d'une petite ville voisine. Il avait dix-huit ans, l'âge des jeunes adultes susceptibles de fasciner les enfants comme lui : il était suffisamment vieux pour incarner une figure tutélaire, et suffisamment jeune pour paraître accessible.

Au mois d'octobre 1950, en préambule aux premières élections organisées en RDA, l'intrépide s'était insurgé contre une fraude annoncée : tous les mandats, ceux de la Chambre du peuple comme ceux des parlements régionaux et des représentations communales, avaient été distribués avant le vote effectif !

Conrad, bien que sa culture politique fût encore réduite, ne trouvait pas anormal que l'on s'offusquât de ce fait, et fut très surpris d'apprendre que la police avait pourchassé Flade jusqu'à le prendre en flagrant délit de distribution de tracts au cours d'une équipée nocturne. Celle-ci avait d'ailleurs mal tourné, car le contestataire avait sorti un couteau et légèrement blessé un policier avant de s'enfuir. Le forfait, rapidement reconverti en tentative de meurtre, lui avait valu de voir sa tête mise à prix pour cinq mille marks et d'être condamné à mort par un tribunal. *À dix-huit ans, c'est quand même un peu tôt*, avait pensé le petit Conrad.

L'affaire avait fait grand bruit dans la région. Les camarades de classe de Flade l'avaient soutenu, et dix-neuf jours plus tard, en seconde instance, le jugement avait finalement été commué en quinze années de réclusion, peine à laquelle s'ajoutait l'équivalent d'un siècle de prison pour ses dix-huit camarades soudainement accusés d'activités pronazies… Conrad en avait retenu que tout ce qui menaçait l'épanouissement du parti unique était nazi. Au moins, cela avait le mérite de la clarté. Plus tard, au fil de son éducation, se graverait une évidence dans son cerveau : si les décisions prises au nom de la toute-puissance du Parti défient parfois l'entendement, elles attestent que le Parti relève du sacré et du secret.

Une fois assimilé le principe selon lequel tout ce qui ne cadre pas avec le discours officiel est bizarre, que tout ce qui est bizarre provient de la propagande occidentale, et que tout ce qui provient de la propagande occidentale relève du nazisme, on était intellectuellement armés pour savourer le bonheur de vivre en pays communiste. Surtout à la campagne, où s'élaborait une partie du redressement du pays. On avait conscience d'y être utiles. En sa qualité de jeune berger, Conrad avait, dès l'adolescence, perçu le rôle stratégique que revêtaient les campagnes. C'était de là que viendraient fruits, légumes, viandes et produits laitiers qui recouvriraient prochainement les tables du pays et rempliraient les garde-mangers ; pour les réfrigérateurs, il faudrait se montrer un peu patient… Cela lui avait été dit, redit et confirmé à l'école, où les enseignantes, bien qu'elles changeassent tous les ans, n'en démordaient pas : il y aurait bientôt dans les cuisines du chou blanc, des épinards, de la tomate, de la fraise, du raisin ou de la rhubarbe. Une ribambelle de produits exotiques dont Conrad fantasmait, entre deux leçons, la saveur et la texture. Sur la foi du discours pédagogique et de dessins évocateurs, il les imaginait subtilement sucrés, d'une fraîcheur envahissante et d'une suavité indescriptible. L'espace d'un songe alimentaire, ces pensées lui faisaient oublier le goût terreux de la soupe quotidienne.

Se projeter suffisait à son bien-être. Savoir qu'une armée de paysans préparait la révolution des papilles le maintenait en haleine, même si la prédiction tardait à se réaliser. La fin du rationnement, promise pour 1950, fut repoussée à 1953. Puis à 1958. On n'en parla plus, l'essentiel était d'y croire. Mais, né pendant la guerre, habitué aux privations et aux pénuries, Conrad se satisfaisait de son sort, car il ne manquait de rien, sauf peut-être de ces quelques références qui lui auraient fait prendre conscience qu'il manquait de tout. Quel enfant rêve de ce qu'il n'a jamais connu ?

2

« *Vopo* »

Naître à Zschochau, engoncé dans une vallée verte cernée de collines escarpées de la campagne saxonne, c'était devoir choisir – et rapidement – entre l'aigreur et l'ailleurs. Conrad eut tôt fait d'opter pour la meilleure agence de voyages du pays : la police. L'affaire se décida lorsqu'un inconnu en civil débarqua dans la ferme familiale. Qu'il portât un chapeau et un manteau certifia son statut. Il n'avait pas décliné son identité complète, comme si sa visite relevait du secret. Sans y être invité, il s'était installé dans la cuisine de la ferme, à califourchon sur une chaise qu'il avait retournée. Conrad et ses parents avaient trouvé naturel qu'il le fît, car le maire de Zschochau l'escortait avec déférence.

— Le camarade Ulrich vient de Dresde, avait dit l'élu.

L'inconnu avait peu parlé. Il n'avait posé aucune question mais avait énoncé des affirmations censées provoquer l'acquiescement de ses interlocuteurs. Oui, Conrad aimait son pays. Oui, Conrad voulait le servir.

Oui, il croyait à la supériorité du socialisme. Voulait-il faire carrière ? Assurément !

— Vous avez l'air sportif, avait hasardé le camarade Ulrich.

Conrad n'avait pas démenti et, à l'invite du visiteur, avait fait une dizaine de tractions à la branche d'un arbre du jardin. Du miel plein la bouche, l'inconnu lui avait ensuite exposé les avantages d'une carrière dans la police populaire. Argument massue : la solde. C'était la garantie d'un revenu régulier et la promesse d'une aide pour ses parents. Fils d'un éleveur de moutons dont l'entreprise avait été nationalisée dans le cadre du flamboyant projet de la République démocratique naissante, Conrad décida d'abandonner le troupeau pour la troupe. Il aurait un destin convenable : devenir vopo.

Le terme, né de la contraction de *Volkspolizei*, « police du peuple », désignait ces hommes affectés selon leurs compétences au maintien de l'ordre public, au service de résolution des affaires criminelles ou au contrôle de la circulation. Des flics, en somme, qui, en bout de chaîne, référaient au ministre de l'Intérieur. Mais tout concourait à en faire des militaires.

Après trois mois de formation à Dresde, Conrad prit la mesure de ce glissement dès son arrivée à l'Académie des sous-officiers de Potsdam, à une vingtaine de kilomètres de Berlin. Le commandement y paradait en uniforme ; le langage qui y était tenu résonnait avec martialité :

— Camarades, vous êtes ici au service de l'ordre antifasciste démocratique ! Notre ennemi, c'est notre voisin. Il protège les criminels de guerre, tous avides de revanche, tous assujettis à l'impérialisme américain, tous alliés d'un complot militaire et industriel criminel !

La harangue n'appelait aucun commentaire. D'ailleurs, Conrad n'éprouva pas le besoin d'en faire. Elle s'inscrivait dans la doxa dominante, serinée à échéances régulières *via* tous les canaux de diffusion possibles auxquels un enfant est-allemand était continuellement exposé, du maître d'école au représentant local du Parti.

À l'orée de sa vie d'homme, Conrad, désormais simple vopo, pouvait se vanter d'avoir bien tourné. Flic dans un État fliqué, pouvait-il espérer meilleure situation ? Quitte à vivre dans un univers de crainte, autant figurer parmi ceux qui l'inspirent plutôt que parmi ceux qui l'éprouvent. Et il reprit à son compte la vulgate communiste. Ça allait mieux, ça irait mieux. D'ailleurs, lui-même n'allait-il pas mieux depuis qu'on lui avait garanti un salaire, promis un logement décent, et fait miroiter l'accès à certains magasins réservés aux bienfaiteurs du peuple ?

La nature ne ment pas : le soleil se lève à l'est. Et si Conrad avait cherché l'ultime confirmation qu'il était au bon endroit au bon moment, il l'aurait assurément trouvée dans les couloirs de la caserne, où trônait une affiche qu'il connaissait bien. Il en était d'autant plus familier qu'il l'avait vue à des milliers de reprises, ici, dans l'école communale de Zschochau, là, sur la façade des bâtiments officiels. Ainsi que dans les gares, y compris les plus minuscules où il avait fait escale sur la route de Potsdam. Conrad imagina que l'affiche le suivait partout où il allait – et le devancerait partout où il irait. Il interprétait son omniprésence comme une succession de balises rassurantes et protectrices lui signifiant que sa vie prenait la bonne direction. Il se sentait adoubé.

Un soir de déambulation dans la galerie qui reliait le réfectoire à la chambrée, Conrad fut une nouvelle fois aimanté par la gaieté de ses couleurs. Elles tranchaient avec le décor verdâtre. Parvenu à hauteur de l'affiche, il ressentit un inaudible appel au recueillement. Il s'immobilisa devant ce qui frisait l'œuvre d'art. Il en considéra chaque élément. D'abord, il détailla le visage de la femme, étincelante de beauté. Son teint rose pastel contrastait avec le bleu marine de son uniforme. Elle tenait dans ses bras un enfant blond, des mains duquel s'élançait une blanche colombe. Au second plan se dressaient des cheminées d'usine d'où s'échappaient des volutes bleues qui se diluaient dans l'azur zébré de traces jaunes, signes d'une aube naissante. La soldate, le regard haut, fixait avec confiance un invisible horizon qui s'annonçait radieux. Elle incarnait la pureté de celles et ceux que l'Histoire n'a pas encore dépucelés.

Cette affiche subjugua Conrad jusqu'au plus profond de son être. Il avait bien fait de prendre le temps de la contempler. Monumentale, elle lui signifiait en silence une certitude : le projet est plus grand que toi, plus grand que tout. Conrad recula de quelques pas pour mieux lire le slogan qui complétait le tableau : « La police populaire protège notre travail de reconstruction pacifique et le bonheur de nos enfants. »

3

Un Russe dans l'espace

Le printemps 1961 fut marqué par un événement de portée planétaire qui consacra, si besoin était, la supériorité du socialisme sur le capitalisme. Pour la première fois, un homme était allé dans l'espace et, bonne nouvelle, en était revenu indemne. Au soir de ce 12 avril dont Moscou ferait un jour férié, les sous-officiers de la caserne de Potsdam saluèrent l'exploit à grands coups de cuillères sur le cul des gamelles de la cantine. Ce qui était bon pour les Soviétiques l'était toujours d'une manière ou d'une autre pour les Allemands de l'Est. Ce soir-là, la soupe de pois jaunes Kelles eut meilleur goût. On y devinait plus facilement les traces de poitrine de porc et de saucisse de bœuf que mentionnait l'emballage.

— Le camarade Gagarine s'est inscrit aux Jeunesses communistes à quinze ans. Quel parcours !

— À l'origine, il me semble qu'il était fondeur de métier…

— Seul le socialisme peut envoyer un ouvrier dans l'espace !

— Et le faire revenir vivant !

Le lendemain, contre quinze pfennigs, Conrad se procura le *Neuer Tag*, le journal officiel du Parti socialiste unifié. Les nouvelles, disait-on, y étaient toujours fiables. Il n'avait pu résister à l'attrait de la une. Le titre en meublait la moitié supérieure. Un titre à tiroirs, comme si la longueur était corrélée à l'importance de l'événement : *Triomphe du socialisme – Le major soviétique Y. A. Gagarine premier homme dans l'espace – Le Colomb du siècle.* À droite, une photo de Gagarine en combinaison. Le regard de l'aventurier capta son attention. Il y vit autant de sérénité que de modestie.

Voilà un homme qui fait son devoir sans ramener la couverture à lui ! pensa-t-il.

À gauche, on pouvait lire la déclaration faite par le Présidium du Soviet suprême, le Comité central du Parti et le gouvernement soviétique, appelant à « mettre fin à la course aux armements et [à] assurer la paix mondiale ». Il était ensuite question d'un programme de missiles stratégiques qui parut si abscons à Conrad qu'il tourna la page.

Le jeune vopo était plus friand du récit de Gagarine que des considérations géopolitiques. Le *Neuer Tag* s'extasiait du sang-froid avec lequel l'astronaute avait vécu ce vol de cent huit minutes. Il découvrit que Gagarine avait dû interrompre l'écriture de son journal car le crayon avait disparu, la vis censée le retenir par un fil s'étant desserrée. Il s'interrogea sur les sensations que procurait l'apesanteur. S'y sent-on comme dans l'eau ? Y respire-t-on sans effort ? Comment se vit le passage de la pesanteur à l'apesanteur ? Et inversement ? Peut-on tomber ? Se blesser ? Avoir la nausée ? Vomir ? À dix-neuf ans, il se posait des questions d'enfant. Il retint le nom de Constantin Tsiolkovski qui, dès 1935, avait prédit que le premier homme dans l'espace serait russe. C'était écrit dans le journal. C'était écrit tout court.

Si lui, Conrad, n'était qu'allemand de l'Est, il piochait dans les nouvelles que lui rapportait la gazette du 13 avril 1961 une part de gloire par procuration. Le destin de Gagarine le fascinait. Il avait grandi, comme lui, à la campagne, au sein d'une famille paysanne qui avait connu l'occupation nazie. Son père avait été roué de coups, sa sœur blessée, son frère avait failli mourir par pendaison et, par un improbable retournement de toutes les férocités, Youri Alekseïevitch s'était forgé une réputation planétaire à la faveur d'un acte unique de bravoure et d'intrépidité. Stupéfiant Gagarine ! Il resterait à jamais le premier.

Sans prétendre au prestige de celle de l'astronaute, la destinée de Conrad ne lui semblait pas moins essentielle. Lui aussi avait une mission chaque jour plus importante. Berlin-Est semblait se vider de ses habitants. Les choses étaient facilitées par la relative osmose entre les deux parties de la ville. Certains habitants de l'Est qui travaillaient à l'Ouest étaient parfois tentés de ne pas rentrer le soir. Il était arrivé, à maintes reprises, qu'une famille entière passât à l'ennemi à la faveur d'une visite dominicale rendue à des cousins d'« en face », qui vivaient dans un quartier sous commandement allié, français, américain ou britannique. Une fois à l'Ouest, il leur suffisait de prendre un train, un avion ou une voiture pour rallier, à trois cents kilomètres de Berlin, la République fédérale d'Allemagne, dont la frontière s'ouvrait volontiers sur leur passage.

Ces allers sans retours, *via* les quatre-vingt-sept points de contrôle qui filtraient les mouvements de leurs ressortissants, agaçaient les autorités est-allemandes, bien qu'elles n'en laissassent rien paraître. Ce fut lors d'un jour de permission que Conrad prit pour la première fois la mesure du phénomène.

4

Deux mille hommes par semaine

Les policiers de l'Est avaient droit à plusieurs journées de repos par mois. Ce jour-là, Conrad se trouvait en secteur britannique. Sur la banquette du métro, il récupéra un vieux journal qui traînait. En première page, le *Berliner Morgenpost* évoquait les flots de migrants qui avaient laissé maison, travail et amis pour « voter avec leurs pieds », selon la formule de Willy Brandt, le maire de Berlin-Ouest. Les autorités municipales les regroupaient dans le quartier de Marienfelde, si excentré que Conrad n'avait jamais songé à y mettre les pieds. Là, ces réfugiés de l'intérieur faisaient le point avec les autorités. Où voulaient-ils s'installer ? Avaient-ils de la famille en RFA ? Quel était leur métier ? Il revenait aux officiers de renseignement alliés de s'assurer qu'aucun espion de l'Est ne s'était glissé parmi eux. Il fallait un certain temps avant que ne soient délivrées les cartes d'identité qui feraient de ces transfuges des citoyens de la République fédérale d'Allemagne.

Selon le journal, la vingtaine d'immeubles réquisitionnés ne suffisait plus à les héberger. Dans une interview, Willy Brandt affirmait la nécessité de désengorger Marienfelde en construisant plusieurs dizaines d'immeubles supplémentaires. Une phrase retint l'attention de Conrad : « Il faut aider ceux qui frappent à notre porte. Ce sont deux mille personnes par semaine. »

Son voisin de banquette le tira de sa stupeur.

— C'est terrible, n'est-ce pas ?

— Pardon ?

— L'exode…

— Vous y croyez, vous, à ces chiffres ? demanda Conrad.

— Quels chiffres ?

— Deux mille migrants par semaine.

L'homme se pencha sur le journal. Il en parcourut le contenu et se redressa. Il marqua un temps. Il calculait.

— Deux mille… C'est une fourchette basse…

— Comment ça ?

— Vous êtes en deçà de la réalité, jeune homme. Deux mille personnes par semaine, cela ferait cent mille migrants par an. Or, la RDA n'a que douze ans d'existence et nous approchons déjà des trois millions de défections. C'est une hémorragie.

— Comment le savez-vous ?

— Je m'informe avec la presse libre.

— Ce n'est que de la propagande.

— De la propagande ? Mais alors pourquoi la lisez-vous si vous n'y croyez pas ? Plus de trois millions, je vous assure, c'est certain. Et ça se dégrade de jour en jour !

Conrad dévisagea son interlocuteur. Il s'apprêtait à refaire les multiplications quand un détail capta son attention. À sa boutonnière, l'inconnu portait un insigne doré représentant la porte de Brandebourg. Des milliers de Berlinois s'étaient rués sur ce symbole associé au slogan : « Ouvrez la porte ! » Arborer cet insigne était interdit à l'Est.

— Vous habitez à l'Ouest ?

Conrad avait pris un ton interrogatif, mais dans son esprit, sa phrase était une affirmation.

— Oui, depuis peu. Je me suis moi-même enfui.

— Vous avez abandonné votre famille ?

— Non, je n'aurais jamais fait ça ! Elle m'a suivi. Nous avons fait comme tout le monde. Nous avons pris le métro, et nous nous sommes installés près de mon lieu de travail. Je suis ingénieur chez Siemens.

— Vous avez déménagé parce que c'était plus commode ?

— Non. Parce que c'était plus sûr.

Conrad ne comprenait pas son interlocuteur. Il devait avoir la trentaine, semblait instruit, n'avait aucune raison de s'inquiéter de l'avenir. « Plus sûr » ? Que voulait-il dire ?

L'homme lui confia avoir grandi et entamé sa vie professionnelle dans le nord du pays, à Schwerin, non loin de la Baltique.

— J'ai voulu passer à l'Ouest avec ma famille là-bas. Nous avons été refoulés. La frontière avec la RFA est bouclée sur toute la longueur. Bouclée ! Vous m'entendez ? On ne rentre plus. On ne sort plus. C'est comme ça sur 1 300 kilomètres ! C'est pour ça que je suis venu m'installer à Berlin. D'abord à l'Est, en secteur soviétique. Puis à l'Ouest. Berlin est une exception, un des seuls endroits où l'on circule encore librement. Si ça se complique, je prendrai l'avion pour Bonn, Munich, Hambourg ou je ne sais où…

— Comment ça, « si ça se complique » ?

— Ils ont fermé la frontière là-bas, ils le feront tôt ou tard ici !

— Walter Ulbricht a dit que Berlin serait toujours une ville libre, objecta Conrad.

— Dans son esprit, une ville libre est une ville soviétique ! Tout président qu'il est, votre Ulbricht n'est qu'une marionnette. Il obéit à Khrouchtchev. Et quand Khrouchtchev le lui demandera, il fermera Berlin.

Conrad était impressionné par son interlocuteur. Il semblait si sûr de son analyse et de sa prédiction. Le policier aurait même admiré son éloquence si les propos qu'il tenait n'étaient pas si choquants. Non qu'il fût lui-même un fervent partisan de la haine professée par les autorités à l'égard de l'Ouest, mais il concevait mal qu'on pût se soustraire à l'effort collectif que nécessitait la reconstruction de la RDA.

— Comprenez-moi bien, monsieur, poursuivit l'inconnu. La plupart des immigrés sont jeunes. Beaucoup sont diplômés, ingénieurs comme moi, avocats, médecins… Ils partent ! Ils fuient ! La RDA perd ses cerveaux. Ainsi que ses infirmières, ses ouvriers spécialisés, ses artisans… Eux aussi font partie du cortège. Savez-vous que la production a chuté de moitié dans certains secteurs ? Qu'il y a un manque de main-d'œuvre ? Pourquoi croyez-vous que les salaires ont à ce point augmenté à l'Est, même si l'argent n'y vaut rien ?

L'homme était intarissable. Il déroulait son raisonnement comme un métronome. Conrad ne songea pas à l'interrompre. En vérité, il se voyait mal argumenter. L'autre continuait. Après lui avoir juré que, curieusement, la RDA présentait une natalité croissante mais enregistrait pourtant une diminution de sa population – « de l'ordre de 20 % depuis sa création » –, l'homme le regarda avec malice.

— Avez-vous remarqué qu'aucun migrant ne revient en RDA ?

— Certains sont retenus prisonniers à l'Ouest, bredouilla Conrad.

L'autre éclata de rire.

— Ça, c'est ce qu'on vous raconte ! Vous êtes originaire de Saxe, n'est-ce pas ?

— Comment le savez-vous ?

— Votre accent. Que faites-vous dans la vie ?

— Je suis vopo. Policier du peuple.

— Sans votre uniforme, ça ne se voit pas.

L'homme se leva. Il était arrivé à destination. Il fit un pas et se retourna.

— N'oubliez jamais que vous et moi avons au moins une chose en commun : nous sommes allemands. Quel âge avez-vous ?

— Dix-neuf ans.

— Je vous souhaite du courage.

Conrad hocha la tête et regarda l'inconnu s'éloigner. Il sentait que quelque part, il l'enviait mais il chassa cette idée en repensant aux derniers mois. En un rien de temps, il était passé de la ruralité saxonne à l'urbanité berlinoise par la seule grâce de la générosité de la RDA envers ses enfants. Il lui devait tout. À présent, il disposait d'un statut, d'une nouvelle vie... et de quelques heures de plus de permission.

Il les solda d'une promenade au Tiergarten et de quelque flânerie sur le Kurfürstendamm, ce boulevard réputé pour ses vitrines modernes. Plus que des biens de consommation, c'était en fait une idée qu'on y exposait : la civilisation occidentale est incomparable. Idée qui était pour lui à la fois incommodante et éblouissante. Incommodante, car depuis la chute du reichsmark, le mark de l'Est ne rivalisait pas avec celui de l'Ouest. Éblouissante, car rien n'interdisait de consommer avec les yeux. Conrad eût volontiers pris un café ou une bière à la terrasse du Kranzler, à l'angle du Kudamm et de Joachimsthaler Strasse. C'était la version occidentale du plus vieux café de Berlin-Est, à l'ombre des feuillages d'Unter den Linden. Les consommations y coûtaient trois ou quatre fois plus cher. Il s'abstint, d'autant plus qu'il n'était pas censé traîner à Berlin-Ouest. Membre de la police antiémeute, il avait signé, lors de son engagement, un texte stipulant qu'il ne devait ni pénétrer ni traverser les secteurs ouest de Berlin, sous peine de mesures disciplinaires. Il était néanmoins passé outre. Par curiosité. Après tout, quel tort y avait-il à déambuler à l'Ouest dès lors qu'il savait où il rentrerait dormir le soir ?

Demain, Conrad se réveillerait comme chaque jour à la caserne de Potsdam. En homme de devoir, il revêtirait son uniforme sans trop savoir si, quand il le portait, il le faisait pour défendre la paix, le socialisme, ou les deux. À supposer qu'ils fussent compatibles.

5

Chasse à courre

À Berlin, à cause du climat continental, l'été était aussi chaud que l'hiver était froid. Les esprits aussi montaient en température.

— Schumann, prenez neuf hommes et allez patrouiller dans le métro. Ciblez en priorité les familles qui portent des valises et se dirigent vers l'ouest. Ordonnez-leur de rentrer chez elles sans résister. Le rapport devra mentionner leurs noms, prénoms, professions et adresses. Ainsi que le lieu et l'heure du contrôle. Il est temps d'en finir avec les déserteurs de la République.

Conrad n'était pas homme à contester les ordres. Il se saisit d'une liasse de bordereaux d'interpellation qui sentait encore l'imprimerie. L'administration avait bien travaillé. Ne restait plus qu'à remplir les documents. Sa patrouille fut affectée à la surveillance de la ligne 2, qui traversait la ville d'est en ouest. Les dix hommes descendirent à Potsdamer Platz, dernière station avant l'invisible frontière qui séparait les deux

Berlin. Dehors, sur la gigantesque banderole lumineuse installée côté ouest et lisible côté est, défilait en lettres jaunes sur fond noir un message encourageant les défections : « La liberté ne coûte qu'un ticket de métro ! » Dans l'esprit de Conrad résonnait la hargne de son supérieur : « Ce racolage doit cesser. L'Ouest fait du trafic d'êtres humains ! » S'il était difficile de nier le « racolage » de l'Ouest, parler de « trafic d'êtres humains » lui semblait exagéré, car les émigrés paraissaient s'être mus par leur bon vouloir.

Intercepter les suspects était un jeu d'enfants. Les étapes se suivaient naturellement : partir de Potsdamer Platz, prendre la direction de l'Est pendant plusieurs stations (Mohrenstrasse, Stadtmitte, Hausvogteiplatz, Spittelmarkt…), repartir en sens inverse, descendre à chaque arrêt, arpenter les couloirs souterrains puis remonter de manière aléatoire dans une rame, inspecter le wagon, jauger les occupants. Tout cela était très facile. Quand l'un des officiers repérait une famille suspecte, la brigade n'intervenait pas immédiatement. Elle laissait le métro redémarrer. Puis un vopo fixait silencieusement le père ou la mère qui détournait les yeux. Il arrivait qu'un des parents soutînt le regard, mais il le faisait moins par défi que dans une sorte de supplication silencieuse. Tout se jouait à l'arrêt suivant.

Une fois, entre Stadtmitte et Mohrenstrasse, l'équipier de Conrad lui chuchota :

— Là-bas, au fond…

Conrad avait vu le couple assis. Papa, maman. Devant eux, deux valises sur lesquelles étaient assis deux enfants. Quand la rame s'immobilisa, les policiers fondirent sur leurs proies.

— Contrôle de police. Suivez-nous.

Il fallait faire vite, les exfiltrer de la rame avant qu'elle ne reparte. Le meilleur moyen d'accélérer la manœuvre consistait à prendre un enfant par la main et à l'entraîner sur le quai. Invariablement, le reste de la famille suivait.

— Où *alliez*-vous ? interrogea Conrad.

L'usage de l'imparfait en lieu et place du présent faisait partie des subtilités du métier. Il suggérait une action révolue. Inconsciemment, le contrevenant comprenait qu'il n'était plus question qu'il allât là où il avait prévu de se rendre.

Conrad répéta la question.

— Nous allons au 13, Kuno-Fischer-Strasse. C'est dans le quartier de Charlottenbourg. Nous rendons visite à mon frère, se justifia le père. Son appartement donne sur le Lietzensee, c'est un petit lac qui…

Conrad l'interrompit. Suivant la procédure, il avisa les deux valises.

— Que transportez-vous ?

— Des effets personnels, répondit la mère du tac au tac. Des vêtements trop petits pour mes enfants. Je les donne à leurs cousins.

— Ouvrez-les.

Conrad et son équipier savaient. Le couple savait qu'ils savaient. La première valise contenait bien des habits d'enfants, mais la seconde était pleine de vêtements d'adultes, de photos, d'un cadre et de quelques bijoux.

— Les choses sont simples, dit Conrad. Nous sommes au courant que vous tentez de passer à l'Ouest. Rentrez chez vous.

— Mais nous ne sommes pas les premiers à partir ! objecta le père.

— Ce sont les ordres. Rentrez chez vous. La RDA impose désormais des restrictions de circulation.

— Mais enfin ! Chaque jour les gens vont et viennent à l'Est et à l'Ouest, s'enhardit le père.

— Plus maintenant, répondit l'équipier de Conrad. Ce n'est pas votre jour. Il fallait passer hier.

Conrad n'écoutait plus. Il avait sorti son bordereau qu'il remplissait consciencieusement en s'aidant des passeports que lui avait remis la mère.

— Que va-t-il nous arriver ? demanda-t-elle.

— Ce n'est pas de notre ressort. Nous transmettrons vos coordonnées au quartier général. Rentrez chez vous.

Les formalités accomplies, la famille emprunta un couloir censé la mener au quai d'en face. Conrad vit la femme se retourner en ralentissant le pas. Peut-être attendait-elle le départ des policiers pour retenter sa chance. N'étaient-ils pas seulement à deux stations de l'Ouest ?

Conrad se dirigea vers elle.

— Partez, madame ! Je ne veux plus vous voir sur la ligne 2.

Elle pleurait.

Conrad regarda autour de lui. Il s'était éloigné de ses hommes, qui patientaient à une vingtaine de mètres. Il baissa d'un ton :

— Nous interceptons prioritairement les personnes avec des bagages. Tentez votre chance sans les valises. Ce sont elles qui vous ont trahis. Essayez plutôt la ligne 6. Ou la 8. Les terminus sont dans la zone Ouest, mais plusieurs stations intermédiaires sont à l'Est.

— La 6 et la 8 ? répéta le père. Elles ne sont pas surveillées ?

Conrad avait déjà tourné les talons, se doutant que d'autres brigades sévissaient sur ces lignes stratégiques. À l'autre extrémité du quai, deux de ses hommes discutaient avec un groupe de personnes. À terre, pas moins de sept valises béantes. Quelque chose scintillait. Il s'approcha. C'étaient des couverts de cuisine. On remplit les bordereaux, refoula les prétendants à l'exil, puis on reprit le métro en sens inverse pour se remettre au travail.

L'exercice était une sorte de chasse à courre qui ne laissait aucune chance aux fuyards dès lors qu'ils étaient ciblés. L'arbitraire présidait aux initiatives :

stopper des porteurs de valises, c'était en laisser filer d'autres. C'en était parfois cocasse, sinon absurde. Conrad sourit intérieurement en pensant au nombre de valises qui déambulaient chaque jour dans le métro. En fin de journée, son équipe avait noirci des dizaines de bordereaux. Évidemment, cela ne reflétait qu'une infime portion du flot de candidats à un aller simple pour Berlin-Ouest. Conrad n'était dupe ni de toutes ces valises qu'il feignait de ne pas voir, ni des regards fuyants de familles aux poches prêtes à déborder. Il mettait par moments sa vigilance en sourdine.

Un soir, il entendit le plus zélé de ses hommes se vanter d'avoir confondu un jeune adulte qui ne transportait qu'un sac de toile.

— Il avait deux défauts, persifla l'équipier. Déjà, il portait un jean, et ensuite, il avait enfilé trois pulls, une veste et un manteau. En juillet, personne ne s'habille comme en décembre. Sauf si on déménage !

L'autre ricana. Conrad salua la clairvoyance de son collègue, mais ne goûta pas l'anecdote. Il en conçut même une certaine tristesse. Il repensa à ce mot qu'avait prononcé l'inconnu du métro, quelques semaines auparavant : « hémorragie ».

6

Un simple exercice de manutention

Un mois passa et août arriva. La période vit les contrôles aux frontières des différentes zones de Berlin se durcir. Soucieux de respecter les consignes, Conrad s'attelait à la tâche. Il n'était plus question de cibler seulement les porteurs de valises. D'ailleurs, il n'y en avait quasiment plus. Trop encombrant. Trop visible. Trop évident. Les stratégies s'affinaient. À présent, tout le monde était suspect de vouloir partir. Chaque citoyen est-allemand cachait un migrant potentiel.

Un homme se présenta au point de passage de la porte de Brandebourg. Il se retrouva face à Conrad.

— J'ai besoin de votre laissez-passer, lui dit le policier.

— Je n'en ai pas.

— Alors vous ne pouvez pas franchir le poste de contrôle, assena Conrad.

— Je travaille à la Philharmonie, argua l'autre, j'ai une répétition dans un quart d'heure.

Il portait un costume noir sur une chemise blanche barrée d'une cravate grise. Dans sa main gauche, par la poignée, il tenait un étui de violon.

— Si vous avez un emploi à l'Ouest, vous devez vous faire recenser.

— Recenser ? Où ? Pourquoi ? Je fais ce trajet depuis cinq ans !

— Voyez avec la mairie de votre secteur. Circulez !

L'homme ne bougea pas. La file d'attente derrière lui s'allongeait. On s'impatientait.

— Je dois passer, je suis en retard ! Laissez-moi aller travailler !

Conrad n'eut pas le temps de réagir. Un de ses collègues avait jailli de la guérite où il stationnait et venait d'empoigner le musicien. Il lui postillonna au visage :

— Pas de recensement, pas de laissez-passer ! Pas de laissez-passer, pas de violon ! C'est clair, non ?

— C'est ainsi que vous traitez la culture ? répondit le musicien avec une virulence comparable.

— T'aimes la culture ? T'as qu'à travailler dans un musée, un théâtre ou un opéra ! Ici, on a tout ce qu'il faut ! La culture, c'est à l'Est qu'elle se trouve ! Et ton chef, là… Comment il s'appelle, déjà ? Karajan ! Herbert von Karajan ! Un Autrichien ! Un nazi ! Va d'abord te faire recenser ! Après, tu pourras continuer à toucher ta paie en marks de l'Ouest.

D'une main, le vopo tenait le musicien par le revers du veston. Sans lâcher prise, il plia son bras avec une telle rudesse que l'autre laissa tomber son étui. Le policier le ramena à lui, front contre front.

— Et par la même occasion, tu paieras ton loyer, tes factures et tes taxes en marks de l'Ouest ! C'est la loi, ça aussi, depuis un mois, espèce de sac à merde !

Et il le relâcha enfin.

Le musicien ramassa son étui, et le plaqua contre lui comme pour se protéger d'un nouvel assaut. Le murmure de réprobation de la file d'attente ne dura pas. Certains rebroussèrent chemin. Sans doute des gens qui ne s'étaient pas fait recenser et que la violence du vopo avait effrayés. Ou que l'attente, chaque jour plus longue que la veille, avait fini par décourager. Conrad rabroua son collègue.

— Calme-toi un peu. Il voulait juste aller bosser.

— J'en peux plus de ces traîtres ! On sait jamais s'ils vont revenir !

Il ne décolérait pas.

— Ils se gorgent de marks de l'Ouest. Ils engraissent les bureaux de change. Et en plus, ils alimentent les bénéfices du capitalisme !

Conrad dut rapidement faire le constat suivant : la liberté de déplacement dans Berlin, principe des conventions signées par les quatre puissances responsables de la ville, était chaque jour un peu plus bafouée. Pour les vopos, les ordres se durcissaient et trier les menteurs parmi les gens honnêtes se compliquait. S'ensuivaient des incidents de plus en plus fréquents entre policiers et habitants de l'Est. La tension devenait croissante. Conrad ne fut donc pas surpris des scènes auxquelles il assista aux premières lueurs du 12 août.

C'était un samedi. Par dizaines, des camions investirent la caserne de Potsdam. Ils tiraient d'imposantes remorques où étaient entassés des herses, des chevaux de frise, des poteaux de ciment et des barbelés. Il y en avait des kilomètres. « Simple exercice de manutention », répondit l'officier supérieur quand Conrad lui demanda la cause de ce remue-ménage.

Dans l'après-midi, la troupe fut rassemblée à l'intérieur d'un bâtiment en brique rouge où patientait un officier planté devant une dizaine de caisses en bois. Les couvercles relevés laissaient entrevoir leur contenu.

— La République est généreuse avec ses volontaires. Dès aujourd'hui, elle vous équipe de pistolets-mitrailleurs PPSh-41. Y en a-t-il qui ne sont pas familiarisés avec ces objets ?

Personne ne se manifesta. Tout le monde, ici, connaissait cette arme. Conrad avait été initié à son maniement quelques mois auparavant lors d'une formation éclair à Dresde.

— Ce matériel nous est offert par nos camarades soviétiques. Il a fait ses preuves. Il a permis de gagner la bataille de Berlin et nous a libérés du fascisme. Pour rappel, le PPSh-41 fonctionne avec deux types de chargeur : le chargeur camembert de 71 coups et le chargeur courbe de 35 coups. N'oubliez pas vos munitions. Un « camembert » et deux « courbes » par arme. Des questions ?

Silence dans l'assemblée. Chacun fut gratifié d'un jouet neuf.

— Prenez-en soin. La cargaison vient directement de l'usine de Kovrov. Ce pistolet-mitrailleur plaît beaucoup. Les Chinois l'ont copié ! Les Coréens, les Hongrois et les Iraniens aussi ! Même l'Afrique s'en sert pour se libérer du fascisme colonial !

Conrad se demanda ce qu'il ferait d'une telle arme. Tirer ? Mais sur qui ? Et pourquoi ? On l'avait doté d'une arme de poing, un Mauser qu'il portait à la ceinture et qu'il n'avait jamais eu à dégainer : cela suffisait à faire de lui quelqu'un. Il ne voyait dans cet assemblage d'un mètre de long, fait d'acier et de bois, avec sa large crosse d'épaule, qu'un lest supplémentaire de cinq kilos qui l'encombrerait plus qu'autre chose. En plus, la prudence imposait de garder sur lui un œil en permanence et d'en verrouiller la culasse en position fermée, car ce bijou pouvait se déclencher automatiquement. Le soir même, allongé sur son lit, Conrad se fit un devoir de se remémorer les caractéristiques du PPSh-41. Machinalement, il répétait à voix basse :

« Portée maximale : 250 mètres. Munition : 7,62 par 25 millimètres. Jusqu'à 900 coups par minute. Portée maximale : … »

Bercé par la litanie des chiffres, il s'endormit.

Demain serait un autre jour.

7

Une nuit particulière

Au commissariat central de Berlin-Ouest, demain commença à 1 h 15. Le commissaire Beck sursauta à la sonnerie de son téléphone. Il décrocha.

— Beck à l'appareil.

— Werth, service des écoutes.

— Que se passe-t-il ?

— C'est sans doute rien... Enfin, juste un truc bizarre... Radio Berlin International vient d'interrompre son programme musical.

— Qu'est-ce que vous voulez que ça me foute ?

— Ce n'est pas vraiment dans leurs habitudes...

— Et ?

— Le speaker vient d'annoncer, je cite ses termes, une « information spéciale ».

— Avec eux, c'est tous les jours un peu plus spécial...

— Il a expliqué que le pacte de Varsovie va instaurer une frontière efficace avec Berlin-Ouest. C'est pas dit comme ça, mais...

— Quand ?

— Aucune idée. Je vous envoie le script exact dès qu'il est prêt.

— J'attends.

Une fois en possession du document, Beck dut s'y reprendre à plusieurs fois pour le déchiffrer. Ce n'était pas tant la syntaxe que le sens général du texte qui lui causait du tracas. Pas vraiment une heure pour s'enfiler du volapuk, maugréa-t-il. Il lut et relut : « Les gouvernements des pays du pacte de Varsovie s'adressent au Parlement et au gouvernement de la RDA, et proposent d'instaurer à la frontière de Berlin-Ouest un règlement qui barre efficacement la route aux activités subversives à l'encontre des pays du bloc socialiste et garantisse autour du territoire de Berlin-Ouest une surveillance sur laquelle on peut compter. » Il avisa son subalterne, car il avait besoin de partager son embarras.

— Ça date de 1 h 11. T'en penses quoi ?

— Je n'y comprends rien.

— Ils ne parlent jamais simplement.

— Dans leur esprit, les « subversifs », c'est nous, non ? Ça veut dire qu'ils veulent nous empêcher de circuler à l'Est ?

— On peut le comprendre comme ça.

— Mais moi, je peux m'en passer, d'aller à l'Est !

— Oui, mais toi, tu n'as pas de famille de l'autre côté.

— C'est vrai. Il y a un truc qui me chiffonne quand même. Si les pays du pacte ont quelque chose à dire, pourquoi le font-ils au milieu de la nuit ?

— Et en plein week-end !

— À part nos mouchards, personne n'écoute RBI à cette heure. Et ils le savent.

Le commissaire Beck se replongea dans le document. Il y était mentionné qu'à l'issue de l'allocution lue par le speaker de service, la radio est-allemande avait passé *Auferstanden aus Ruinen*, l'hymne national.

— Mets un peu la radio, pour voir !

Son collègue s'exécuta. Comme de coutume, RBI diffusait d'anesthésiantes mélodies nocturnes ; tout semblait revenu à la normale. Beck se saisit du livre de garde pour y noter l'information transmise par le service des écoutes. Dans un coin de la pièce, le Siemens T100 se mit à crépiter.

— Télex !

Le subalterne arracha le papier que crachait le téléscripteur et lut à haute voix :

— Feux éteints à la porte de Brandebourg.

Le téléphone sonna.

— Commissariat de Spandau. On vous informe que le métro ne circule plus à Staaken.

— Motif ?

— Mystère. On envoie des gars sur place. Apparemment, les rames qui se dirigeaient vers Berlin-Ouest ont dû repartir en sens inverse. Ils ont fait descendre tous les passagers. Mais rien n'est encore sûr. On vérifie.

Beck ne prit même pas la peine de consulter la carte de Berlin punaisée au mur. Il réfléchit. Le quartier de Staaken, situé au fin fond de Berlin-Ouest, se prolonge dans le Land du Brandebourg. Il est donc à cheval sur la zone britannique, côté oriental, et sur la zone soviétique, côté occidental. À Berlin, rien n'était simple : l'Est était parfois à l'ouest et l'Ouest parfois à l'est...

— Allô, vous êtes toujours là ?

— Oui, oui... Mais les passagers... Combien ?

— J'en sais rien, mais on est samedi...

— Dimanche matin...

— Oui, enfin, c'est le week-end. Comme d'habitude, tout l'Ouest est allé dépenser son fric à l'Est, et les gens vont vouloir rentrer chez eux. Ça fait du monde de retour de soirée.

— Il leur reste la marche.

— Oui, mais ça va gronder aux points de passage. Nos amis sont un peu pointilleux ces temps-ci.

Le téléphone sonna de nouveau. Et encore. Dix fois. Vingt fois. Beck nota au fur et à mesure. 1 h 55 : arrêt du métro à la gare de Gesundbrunnen. 1 h 58 : plus de trafic à Stahnsdorf. 2 h 01 : station fermée à Schönholz. 2 h 02 : interruption du trafic à Wannsee. Beck s'en aperçut immédiatement : on appelait de tous les commissariats situés à proximité de la zone soviétique.

— Mais à quoi jouent-ils ? Ils sont en train de tout bloquer, ces cons !

Il n'eut pas le temps de s'épancher davantage : son subalterne lui avait mis un rouleau de dépêches sous le nez.

— Commissaire ! On signale des dizaines de véhicules militaires stationnés à proximité d'Oberbaumbrücke. Ça bouge aussi du côté de Sonnenallee et à la porte de Brandebourg.

Beck parcourut rapidement les rapports. La pendule indiquait 2 h 20. Il lorgna le coffre-fort et, machinalement, en répéta intérieurement la combinaison. S'il l'ouvrait, ce serait pour desceller l'enveloppe contenant la « procédure secrète d'alarme pour la défense de Berlin-Ouest ». Fallait-il réveiller le représentant américain ?

8

Face à face

« Procédure secrète d'alarme pour la défense de Berlin-Ouest » : c'était l'appellation officielle du document. Beck pensa au mythe de Pandore.

— Si j'ouvre cette boîte, je déclenche un bordel qui remontera jusqu'à Kennedy *via* de Gaulle et Macmillan !

— Cette décision t'appartient…

De la mythologie grecque, on passait aux Évangiles, chapitre Ponce Pilate.

— Que disent les rapports ?

— Camions. Blindés. Concentration de troupes en armes en limite de zone.

— Aucune incursion dans Berlin-Ouest ?

— Aucune. Pour l'instant.

— En même temps, si on attend qu'ils entrent, on ne pourra pas se vanter d'avoir anticipé… Je préviens les Américains.

Beck composa le numéro du quartier général de Dahlem, et demanda à parler au représentant de Washington.

— Il dort, lui répondit son interlocuteur.

— Réveillez-le !

— C'est sérieux ?

— Ça peut l'être.

— C'est sérieux ou ça ne l'est pas ? On ne peut pas réveiller le haut représentant du gouvernement des États-Unis à Berlin sans motif grave, récita le soldat dans un allemand approximatif.

Beck éructa :

— Dis-moi, espèce de petite saucisse, quand tu verras la Nationale Volksarmee défiler sous tes fenêtres, tu continueras à me demander si c'est sérieux ? Tu crois que ça m'amuse de passer des coups de fil à des bidasses en pleine nuit ? Réveille-le !

— Ah, c'est sérieux, donc. Ne quittez pas.

L'attente dura plusieurs minutes, la conversation quelques secondes, le temps de résumer dans l'urgence les événements en cours. Quand il raccrocha, Beck était blême.

— Alors ? demanda son collègue.

— Je crois qu'ils n'en ont rien à foutre.

— Qu'est-ce qu'il dit, le haut représentant ?

— Il a dit de rappeler s'il y a du nouveau !

Beck hésita. La police ouest-berlinoise comptait treize mille hommes, cela ne coûtait rien de les réveiller, pensa-t-il.

— Je déclenche l'alarme échelon 1. À ce stade, c'est suffisant. Toi, tu m'envoies une patrouille à la porte de

Brandebourg. Je veux un rapport permanent, le temps que les autres rappliquent.

La nuit était douce, la lune éclairait partiellement un ciel qu'on devinait ombrageux. Flottait dans l'air une brise hésitante à laquelle les lourds feuillages des hêtres du Tiergarten restaient insensibles. Bordée par ces imposantes masses sombres, Hofjägerallee était toute à la Volkswagen Beetle banalisée qui fonçait plein nord. À bord, deux policiers dépêchés par le commissariat central de Berlin-Ouest. Dans les phares apparut la Siegessäule, qui rappelait le temps révolu d'une Prusse dominatrice en Europe. La voiture en contourna le socle sur quatre-vingt-dix degrés avant d'enquiller à droite, Strasse des 17. Juni. Le chauffeur rétrograda, accéléra et, se ravisant, freina brusquement.

— Mais qu'est-ce que c'est que ce cirque ?

— Ralentis ! On se gare.

— Nos amis sont bien de sortie…

Droit devant, à trois ou quatre cents mètres, au pied de la double rangée de six colonnes qui supportaient le monument surplombant la route sur toute sa largeur, se devinaient les contours d'un attroupement. Les deux policiers en civil sortirent du véhicule et poursuivirent à pied. Face à eux, postés devant la porte de Brandebourg, impeccablement alignés, une centaine de vopos, sangle sur l'épaule, regardaient dans leur direction.

9

« Vous entrez à l'Ouest ? »

— Ils sont armés, souffla l'un des policiers.

En arrière-plan, de l'autre côté du monument, à quelques dizaines de mètres en retrait, des véhicules, certains blindés, d'autres non, tous à l'arrêt, phares allumés pour pallier l'absence d'éclairage municipal, étaient disposés en cercle. À la convergence des faisceaux de lumière, des hommes semblaient s'activer avec méthode. Cette agitation nocturne, inhabituelle, interrogeait l'imagination. De la poche de son blouson, un des deux policiers sortit précautionneusement une paire de jumelles.

— Qu'est-ce que tu vois ?

— Des poteaux de béton et des barbelés.

— Et les blindés ?

— Quoi les blindés ?

— Allemands ou soviétiques ?

— On ne dirait pas des blindés soviétiques.

— C'est déjà ça. On se rapproche ?

— On est encore chez nous, non ?

Les deux policiers constatèrent avec stupéfaction que les vopos avaient pris place à la limite de Berlin-Est. Littéralement. L'extrémité de leurs bottes s'arrêtait à un centimètre de la frontière de la zone, matérialisée par un trait de peinture jaune. Ils s'immobilisèrent à deux mètres d'un vopo.

— Vous jouez à quoi, là ?

Silence du vopo.

— Vous entrez dans Berlin-Ouest ?

Conrad regarda fixement l'inconnu qui s'adressait à lui. Surtout ne pas baisser les yeux. Surtout ne pas répondre. Le fixer avec dureté. « Restez immobiles, fiers », leur avait dit l'officier le matin même. Conrad fut parfait d'imperturbabilité. Quand bien même il aurait eu l'autorisation de parler, il se voyait mal converser à 3 heures du matin avec le premier venu. Il avait encore dans les tympans les beuglements du major qui, une heure auparavant, s'étaient ajoutés aux ondulations rauques de la sirène de la caserne.

— Casque ! Armes ! Munitions ! Uniforme !

Conrad avait émergé des limbes d'un court sommeil et immédiatement renoué avec les réflexes appris. Uniforme, casque, gourde, arme de poing, PPSh-41, besace, chargeur camembert, premier chargeur courbe, second chargeur courbe. Inventaire terminé.

— Il se passe quoi ? avait-il demandé.

— Vous étiez en état d'alerte, non ?
— Depuis plusieurs jours.
— Voilà. Il faut bien que ça serve à quelque chose.
— On va où ? On fait quoi ?
— On suit le mouvement.

Dans la cour, les effluves d'essence et le ronronnement des moteurs de camions bâchés l'avaient définitivement sorti de sa nuit. Par grappes de douze, les hommes étaient montés à bord. Le cortège s'était mis en route, avait fendu la nuit du Brandebourg, le Land qui ceint Berlin, jusqu'à atteindre les abords de l'aéroport de Schönefeld et à accéder à Berlin-Est par le sud. Les deux camions de tête s'étaient arrêtés non loin de Waltersdorfer Chaussee. Le reste du cortège avait poursuivi vers le nord. À Sonnenallee, deux autres camions étaient sortis du rang et avaient pris position. Pareil à Oberbaumbrücke, le pont qui enjambe la Spree, puis à Heinrich-Heine-Strasse. Constatant que, par dizaines, d'autres camions vert olive les suivaient, Conrad avait compris :

— Ça gicle de toutes les casernes. On renforce nos positions à tous les points de passage.

Le cortège s'était délesté de deux autres camions à Checkpoint Charlie, puis celui où se trouvait Conrad avait déversé sa cargaison d'hommes à la porte de Brandebourg. Sur site, il y avait de tout : des vopos, des policiers, des officiels et des individus tellement peu identifiables qu'ils ne pouvaient provenir que des effectifs de la Stasi. Se nouait, en ce lieu symbolique de l'unité perdue de la ville, une affaire qui, à n'en pas douter, ferait date.

En face, rien.

Berlin-Ouest dormait encore. L'Allemand se lève tôt, certes, mais il ne faut pas abuser. Surtout le dimanche. Les premiers curieux apparurent dans la lueur du jour naissant. Essentiellement des diplomates. L'un d'entre eux, américain, exigea au nom du libre passage et en vertu de son statut qu'on déplaçât les barbelés pour laisser passer son véhicule. Il obtint gain de cause.

— Ceux qui viennent chez nous en amis sont les bienvenus, lui lança l'officier en faisant pivoter la barrière.

Conrad sourit à l'énoncé de la formule. L'Américain, vindicatif, semblait moins en quête d'amitié que de renseignements sur ce qui agitait Berlin-Est. Conrad avait souri, mais intérieurement. Il avait appris à se contrôler. Un bon vopo s'épanouit dans le vide émotionnel où les pulsions sont en apesanteur et où toute expression du vivant est suspendue. Un bon vopo ne rit ni ne pleure, n'a de colère que froide, n'affiche ni ses états d'âme ni ses intentions, se dilue dans l'uniforme, se verrouille de l'intérieur jusqu'à paraître indéchiffrable, et donc imprévisible. C'est ainsi qu'il peut inspirer ce sentiment qui tient autrui à distance et qui s'appelle la crainte.

Conrad agissait ainsi non seulement avec les citoyens est-allemands, mais aussi avec ceux qui partageaient avec lui l'aventure de l'engagement volontaire. Naïvement peut-être, il avait imaginé qu'à un moment, son métier se solderait par des plaisirs durables, qu'il nouerait des amitiés fortes avec ses équipiers, des liens invisibles que le temps solidifierait. Il avait pensé qu'à l'avenir, un mot, un regard, une intonation suffiraient à reconnaître les siens. Rien de tout cela n'était arrivé. Entre vopos, les échanges étaient rares, systématiquement liés à la tâche, et la suspicion de mise. Il y en avait toujours un qui surveillait les autres.

Conrad avait fantasmé une version amicale du collectivisme et se désolait à présent de n'avoir connu que des individualismes, le sien faisant écho à celui des autres. Confusément, il se doutait que de tels comportements prenaient racine dans un terreau fertile : la peur insidieusement distillée par le régime. Elle était là, l'explication. Peur de mal faire, peur de mal penser, peur de mal agir, fût-ce à l'appréciation d'un supérieur mal luné, d'un mouchard déguisé en vopo, ou d'un civil mandaté pour l'insulter, tester sa réaction et l'interpréter. L'arbitraire, il connaissait : il le pratiquait au quotidien. Contrôler celui-ci, faire embarquer celui-là, laisser filer untel ou untel… Conrad n'était pas dupe de la surveillance dont il faisait l'objet : si lui-même surveillait ses concitoyens, il n'y avait aucune raison qu'il ne soit pas, lui aussi, épié à son insu. Qui s'en chargeait ? Son voisin de droite ? Son voisin de gauche qui se dandinait, comme lui, depuis des heures à la lisière de Berlin-Est ? Il ne les avait jamais vus, ne les reverrait sans doute jamais. Accomplissaient-ils le même boulot que lui, ou le guettaient-ils ? Se poser la question, c'était convenir de l'hostilité de principe et de la paranoïa systémique de l'État pour lequel il s'était engagé au sortir de l'adolescence. C'était admettre aussi être un rouage de cette machine écrasante. Cela convenait à sa nature d'homme peu loquace, en délicatesse avec les mots, peu sûr de son élocution. À ne s'exprimer qu'avec parcimonie, on risquait moins les malentendus.

10

Du bon côté de l'Histoire

Peter Leibing a deux passions : la photographie et le sport hippique. Il s'est trouvé un métier en les mariant. Au derby du saut d'obstacles de Hambourg, il a appris à dénicher le meilleur angle de vue possible en prévision de la compétition. Mille fois, il s'est entraîné à faire le point sur l'obstacle dans l'intention de saisir le cheval, poitrail offert, et le cavalier en équilibre, au plus haut du saut, à l'aplomb de la barrière ou du muret.

Il connaît son appareil – un Exakta boosté d'un téléobjectif de deux cents millimètres – par cœur. Il sait la froideur de son métal, la douceur de son cuir, et serait capable, en le saisissant à l'aveugle, de le reconnaître parmi cent autres. Il l'a fait à sa main et à son oreille. Son *clic* lui est familier, son temps de réponse connu. Il sait qu'il faut déclencher un instant avant que le cheval apparaisse. C'est de l'ordre du centième ou du dixième de seconde, il ne saurait dire… Mais à présent, il excelle dans cet exercice, et la netteté de ses photos fait le bonheur de Contipress, la petite agence hambourgeoise où il est en stage.

Au soir du 13 août 1961, le patron de l'agence l'interpelle :

— Le service logistique t'a réservé un vol pour Berlin demain dans la matinée.

— Berlin ?

— Oui, il faudrait que tu couvres cette histoire de fermeture des frontières, ça commence à prendre de l'ampleur.

— Qu'est-ce que je suis censé faire ?

— Tu verras bien ce que tu trouveras d'intéressant. Dans la zone des Alliés, les Berlinois manifestent. Willy Brandt commence à dire que l'Occident abandonne Berlin. Bref, il y a de l'humain et du politique, tous les ingrédients qu'il faut. Et puis, il y a ce qu'ils appellent le « Mur ». Vois si tu peux t'en approcher. C'est un peu loin de chez nous certes, mais Berlin, c'est encore en Allemagne que je sache, alors on doit suivre l'événement.

Il y avait dans les intonations du patron quelque chose qui confinait à la lassitude, signe que les mésaventures des Berlinois ne figuraient pas en tête de ses préoccupations. De Hambourg à Munich, on était convaincus d'être du bon côté de l'époque et de l'Histoire. La guerre avait accouché de deux Allemagnes, et la République fédérale avait des allures de flamboyante divorcée ayant refait sa vie avec succès. Elle semblait n'avoir laissé par principe autant que par bonté d'âme qu'un peu d'elle-même en terre socialiste sous la forme de, oh, trois fois rien, juste cet îlot, une demi-ville en ruine que tout Allemand désireux de réussir se devait de fuir. L'argent était à l'Ouest, le bonheur de consommer aussi. Une résurrection s'opérait et le pouvoir, qui goûtait à présent la douceur plus chaude et plus humide des bords du Rhin, à Bonn, ne s'y était pas trompé.

Berlin-Ouest, c'était l'écot payé aux puissances victorieuses auxquelles, d'ailleurs, la RFA avait laissé le contrôle. Trop occupée à prospérer, elle déléguait. Néanmoins généreuse, elle maintenait ce bout de terre sous perfusion financière, daignant y exposer quelques preuves de sa nouvelle aisance.

Berlin, ça ne serait donc pas le coup éditorial de la semaine et qu'on y dépêchât un stagiaire pour y couvrir la dernière saute d'humeur de la RDA, ce pays que la RFA refusait de reconnaître, trahissait bien des pensées inconscientes. Quant à Peter, il ferait d'autant mieux l'affaire qu'à vingt ans, on prend ce que l'on vous donne.

11

Le temple de la Réconciliation

Le 14 août, l'avion de Peter atterrit à l'aéroport de Tegel, à Berlin-Ouest, dans la zone sous contrôle français. Dans la foulée, le jeune photographe se rendit à la porte de Brandebourg. Le patron avait dit vrai : à une centaine de mètres, des vopos faisaient le pied de grue depuis la veille, donnant corps à la frontière ; en face, la police ouest-allemande, soucieuse d'éviter le chaos, barrait le chemin à des milliers de Berlinois curieux. Mais si les barrières contiennent les hommes, elles n'arrêtent pas les insultes – « Bande d'imbéciles, vous devriez avoir honte ! », « Vous êtes des lâches ! » – ni les slogans – deux banderoles surplombaient la foule, l'une affirmant qu'il n'y avait qu'une seule Allemagne (*Es gibt nur ein Deutschland*), l'autre proclamant que l'Allemagne resterait toujours allemande (*Deutschland bleibt Deutsch*), ce qui n'affectait en rien le mutisme des vopos.

Peter mitraillait à la volée. Il avait conscience de le faire par habitude plus que guidé par la pertinence journalistique des scènes auxquelles il assistait, somme toute assez banales. Ce face-à-face stérile entre vopos impassibles et Berlinois de l'Ouest furieux menaçait de durer. Le porte-parole de la police le lui confirma :

— C'est comme ça depuis hier matin : ça vient, ça gueule, ça repart, d'autres arrivent et ça recommence.

— Où devrais-je me rendre ?

— Vous avez le choix ! Ils sont en train de boucler l'Ouest sur tout le périmètre. Considérez que votre terrain de jeu est un cercle de cent cinquante kilomètres de circonférence. Mais restez à l'intérieur du cercle, dans Berlin-Ouest !

— Où en est-on des points de passage entre la zone soviétique et la zone des Alliés ? demanda Peter.

— Ici, c'est fermé. À Potsdamer Platz aussi. Il y avait quatre-vingt-sept points de passage, on est passé à treize, puis à sept et encore, c'est au compte-gouttes. Ils ne laissent passer que ceux qui ont une autorisation et dont ils sont sûrs qu'ils reviendront. Ça ne fait pas grand monde…

Le policier de l'Ouest reprit :

— Laissez tomber les points de contrôle. Je doute que les Berlinois de l'Est s'y précipitent. Pour eux, c'est le meilleur moyen de se faire remarquer et de tomber dans une souricière. À votre place, j'irais un peu plus au nord, à la limite du secteur français.

— Où ça ? Je ne connais pas Berlin.

— Essayez du côté de Bernauer Strasse. C'est une rue transversale. Au nord, vous êtes chez les Français ; au sud, vous êtes à l'Est…

Peter leva un sourcil. L'homme poursuivit :

— Enfin, vous m'avez compris. Il y a pas mal de heurts sur place. Les riverains sont particulièrement remontés.

— Plus qu'ailleurs ? Pourquoi ?

— À cause du temple.

Peter réajusta la monture papillon de ses lunettes et déplia le plan de la ville. Il localisa rapidement la rue dont parlait le policier. Effectivement, à l'angle avec Acker Strasse, la présence d'un temple protestant était mentionnée.

— Il a quelque chose de particulier, ce temple ?

— Oui, il est mal placé.

— C'est-à-dire ?

— Il est situé sur le trottoir sud de Bernauer Strasse, donc en zone soviétique, mais le presbytère est en face, sur le trottoir nord, donc en zone française. Autant vous dire que le pasteur ne décolère pas. Les fidèles non plus. Beaucoup habitent au nord et n'ont plus accès au temple, alors qu'avant-hier, il leur suffisait de traverser la rue pour s'y rendre.

— D'où la tension, opina Peter.

— On ne sait pas ce qu'il peut se passer. Mais s'il y a bien un endroit où ça peut dégénérer, c'est là-bas.

Peter sortit son stylo et marqua d'une croix l'endroit où se trouvait le temple de la Réconciliation. Qu'un édifice ainsi nommé fût source de discorde, sinon d'affrontement, lui fit penser que cela ferait une bonne attaque ou une bonne chute pour un papier. Mais il n'était pas là pour écrire. On lui avait demandé des photos. Il prendrait donc des photos. Demain. Et il savait où : du – bon – côté de Bernauer Strasse. Là, il exercerait son métier, ce métier qu'il n'avait pas choisi, mais qui s'était naturellement imposé à lui, l'enfant qui, au sortir de la guerre, avait vu son père réapparaître miraculeusement indemne. De son sac à dos de soldat, le revenant avait extrait un drôle de jouet, un « appareil photo professionnel », avait-il certifié, dégoté on ne saurait jamais où, mais dont les capacités magiques avaient instantanément captivé Peter.

12

« *La gamine reste* »

À la gare de Friedrichstrasse, Conrad patrouille en compagnie de deux inconnus, vopos comme lui. À coup sûr, l'un des trois est affecté à la surveillance des deux autres, et Conrad sait que ce n'est pas lui. La taille des patrouilles a été réduite à trois hommes, parfois quatre, qui ne se connaissent pas et changent désormais d'équipiers chaque jour. Voilà qui laisse peu de temps pour sympathiser, se confier, s'épancher, faire quoi que ce soit d'autre que remplir son devoir. D'ailleurs, tenter de sortir du cadre peut faire du plus innocent des individus un conspirateur.

Le trio a pour mission d'arpenter le hall d'enregistrement de la gare, qui relie les deux zones de la ville, et d'intervenir en cas de grabuge ou de tentative de fuite par l'un des tunnels. « Tirez sans sommation sur les traîtres ! » leur a ordonné l'officier supérieur.

En provenance de l'Ouest, aucun voyageur. En provenance de l'Est, quelques grappes de Berlinois de l'Ouest qui ont festoyé ou rendu visite à leur famille l'avant-veille, et se sont retrouvés piégés aux premières heures du dimanche 13 août. En ce lundi, l'occasion leur est donnée de rentrer chez eux. Pour ce faire, ils doivent se plier au contrôle tatillon de leur identité, à la fouille de leurs bagages éventuels et à l'interrogatoire censé leur faire dire pour quelles raisons et depuis quand ils sont à Berlin-Est. Les plus pressés apprennent la patience avec docilité.

Soudain, une jeune femme fit un pas de côté et se positionna devant Conrad. Il s'arrêta et, par réflexe, glissa son index droit sous la sangle du fusil qui lui barrait la poitrine. La jeune femme sourit, déplia le bras et lui tendit une fleur. Surpris, Conrad hésita. Leurs regards se croisèrent. En ce lieu baigné d'une lumière jaunasse et imprégné de tristesse, ce geste, s'il confinait à l'hérésie, était empreint d'humanité.

Revenu à lui, il écarta l'importune du bras et poursuivit son chemin. Il aurait voulu se retourner, revivre cette seconde liquide qui se faisait océane, mais n'en fit rien. Déjà l'assaillaient une foultitude de questions. Ai-je bien fait de l'ignorer ? Oui. Ai-je hésité ? Un peu. Quelqu'un a-t-il assisté à la scène et capté mon hésitation ? Qui ? Le collègue vopo ? Un officier ? Un observateur en civil de la Stasi ? Qu'en pense-t-il ? Qui est cette femme dont tout, de la coquette robe dentelée au chapeau rose pâle, d'où fuit une frange qui tombe sur un maquillage étudié, tout indique qu'elle retourne à Berlin-Ouest ? Pouvait-elle être l'appât d'un piège ? Testait-on sa loyauté de soldat ? *C'est absurde*, se dit-il, tout en craignant à tout moment de sentir dans son dos l'approche d'un, de deux ou de trois hommes lui demandant de les suivre. Conrad en frissonna tout en se laissant étourdir par les effluves de chaleur corporelle qui s'échappaient de son uniforme. À l'extrémité du hall, qu'il arpentait depuis des heures, il ferait demi-tour et, derechef, croiserait peut-être la belle inconnue qu'il ne faudrait pas regarder, à laquelle il ne faudrait pas sourire, qu'il ne faudrait considérer qu'avec un mélange d'arrogance et d'ignorance.

Conrad en était encore à se préparer mentalement à cet instant quand il entendit des cris. Plaquant son fusil-mitrailleur contre son flanc, guidé par la provenance des éclats de voix, il se précipita vers un attroupement : cinq hommes, trois en uniforme, des officiers, et deux en civil, entouraient deux personnes âgées, un homme et une femme. L'homme semblait pétrifié. La femme pleurait bruyamment. Ce ne fut qu'en se rapprochant du groupe qu'il distingua, au milieu de l'empoignade, une petite fille. Elle devait avoir quatre ou cinq ans. La tête blottie dans la jupe de la vieille dame, elle se cramponnait de toutes ses forces.

— Vous ne pouvez pas faire ça ! bredouilla le vieil homme.

— On fait ce qu'on doit faire. Elle ne sortira pas.

— Mais la petite est venue passer le week-end à la maison ! Son père et sa mère l'ont accompagnée samedi. Ils habitent tout près, sur Kantstrasse. Ils n'ont pas été autorisés à venir la chercher hier.

— La gamine reste.

— Nous sommes ses grands-parents !

— Vous avez déjà éduqué des enfants, vous saurez quoi faire, ironisa l'un des hommes en civil.

— Mais c'est absurde ! Ses parents, ses copines, son école… Toute sa vie est à Berlin-Ouest ! Laissez-la rentrer chez elle !

Conrad sentit battre ses tempes. Des flux de sang lui irriguaient la cervelle. *C'est atroce*, pensa-t-il, et il le pensa si fort, à en mouvoir silencieusement les lèvres, qu'il crut un instant s'être exprimé de manière audible. Il jugea préférable de s'éloigner. Il aurait voulu prendre l'enfant par la main, la raccompagner chez elle, la confier à ses parents et la quitter, sans se satisfaire d'autre chose que de l'agrément de se sentir utile et humain. C'eût été une réponse naturelle et sensée à un incident absurde et intolérable. Mais il savait qu'il n'en ferait rien. Ce n'était pas le courage mais la témérité qui lui manquait.

Rien dans la scène à laquelle il venait d'assister ne traduisait la bonté minimale et la bienveillance élémentaire qui grandissent les hommes, pacifient les esprits et apaisent les âmes. Cruelle, inutilement cruelle était la loi, et il eut pitié de tout – de l'enfant, des parents, des grands-parents, de ses collègues, de lui-même, des multiples versions du genre humain qu'il déversa dans un même abîme d'incompréhension : celui des misères de l'époque.

13

Bernauer Strasse

Dans la nuit du 14 au 15 août 1961, Conrad n'eut pas le temps de se lamenter de ses insomnies. À 5 heures, il était déjà posté sur la portion nord de Ruppiner Strasse, qui bute à angle droit sur Bernauer Strasse. Comme il était désormais de règle, deux autres vopos l'épaulaient. Deux « nouveaux » auxquels il était censé commander : Fierus et Kröger.

— Je reste en limite de zone sur ce trottoir, et vous couvrez celui d'en face à deux, leur intima Conrad.

L'ordre lui était venu naturellement. Il répondait à toutes les logiques. D'abord, parce que le trottoir opposé était plus large que celui sur lequel Conrad se trouvait. Cela justifiait qu'en compensation, on y doublât les effectifs. Ensuite, parce qu'il y avait, à l'extrémité de Ruppiner Strasse, une quincaillerie désaffectée ; en se postant à cet endroit, Conrad savait qu'il découragerait un fuyard, dont le réflexe consisterait à courir et à prendre immédiatement à gauche pour s'abriter derrière le bâtiment, en cas de fusillade.

Enfin et surtout, après l'incident auquel il avait assisté la veille à la gare de Friedrichstrasse, Conrad éprouvait le besoin d'être seul.

Cet épisode ne cessait de le hanter. L'incompréhension de l'enfant, les pleurs de la grand-mère, l'impuissante colère du grand-père, le sadisme des gradés : son esprit ressassait la scène. Était-ce cela, le socialisme ? Un système capable de soustraire une enfant à l'affection de ses parents ? Où étaient, dans l'application aveugle de décisions venues d'en haut, le pacifisme est-allemand, sa solidarité, sa capacité à construire un bonheur collectif ? Pouvait-on à ce point s'affranchir du réel ?

Ces questions le dévastaient de pensées rageuses, lui nouaient les organes, le tourmentaient de contradictions. La conjonction de ces désordres intérieurs se matérialisait en un hurlement silencieux. Par des agissements censés le rendre attrayant, le régime précipitait le dégoût qu'il inspirait à Conrad. Lui, le vopo volontaire, se voyait désormais misérable ; il se sentait sali et vide de cette valeur, si cardinale à ses yeux de paysan saxon, qu'est l'utilité. À quoi servait-il finalement ? Et qui servait-il ? Se poser la question revenait à incriminer ceux qui l'avaient mis là. Jusqu'ici, il était arrivé à Conrad d'en vouloir au sort, au hasard, aux événements, à Dieu ou à la vie… Une pensée étrange, audacieuse, le traversa : pour la première fois, il en voulait à son pays.

Le Saut vers la liberté

Le nez collé à la fenêtre de l'autobus, Peter Leibing constate que les petits maçons du totalitarisme sont à l'œuvre. Sur sa droite défilent des immeubles de Berlin-Est, dont il arrive qu'une façade latérale ou arrière regarde vers l'Ouest. Au rez-de-chaussée et au premier étage, tout est muré ou en train de l'être ; trop tard pour ceux qui envisageaient de se faire la belle par la fenêtre…

Peter fait halte devant le temple protestant de la Réconciliation dont lui a parlé, la veille, le porte-parole de la police. De style néogothique, fier d'un beffroi encapuchonné d'un toit en pente raide, cône inversé dont l'extrémité pique le ciel, l'édifice en brique rouge détone dans la grisaille est-berlinoise, à laquelle fait écho la tristesse des paroissiens. Ils sont là, étincelants de dignité, face au portail déjà muré et au ballet de l'absurde qui se joue devant eux. Il est orchestré par des hommes en uniforme qui ordonnent, guident, houspillent et valident le travail des bâtisseurs du jour. Ceux-là transportent, percent, défoncent le bitume au marteau-piqueur, redressent des poteaux de ciment, et les relient de fils barbelés que d'autres déroulent avec application, cependant que, casquette sur la tête, cigarette au bec et truelle dégoulinante de mortier à la main, d'autres superposent encore des parpaings de brique scellés à la va-vite.

Sous son aspect provisoire, un mur prend forme, qui emprisonne de façon paradoxale les seuls Berlinois pouvant encore se prétendre libres : ceux qui vivent à l'Ouest, dans ce qu'il convient d'appeler « une trappe en plein camp communiste », ainsi que Peter l'a lu dans le journal du jour, celui du mardi 15 août 1961. À chaque intersection, les limites du piège se matérialisent par des barbelés, déroulés sur toute la largeur des rues de l'Est qui se jettent dans Bernauer Strasse.

Peter arpente la frontière, appareil en main, pour immortaliser quelques scènes qui confinent au surréalisme. Ici, une Berlinoise de l'Ouest au visage parcheminé sermonne un vopo. Il aurait pu être son petit-fils. Un mètre les sépare, soit l'épaisseur du rouleau de barbelés. Mutique, le policier regarde l'horizon. Là, deux gamines tentent d'échanger à distance avec leurs grands-parents accoudés à une fenêtre du deuxième étage. « Papi ! Mamie ! » Elles crient. Les vieux agitent mollement le bras. À l'étage du dessus, Peter remarque la présence d'un vopo dans l'encadrement d'une fenêtre. Des deux mains, il tient un miroir de bonne taille qu'il incline dans un sens puis dans l'autre. Peter comprend que le vopo cherche à l'éblouir pour saboter ses photos. Peine perdue, le soleil s'est retiré depuis longtemps de cette frontière grise.

Plus loin, une femme sur un tabouret tâche de maintenir en équilibre un homme perché sur un escabeau. Il porte à bout de bras un paquet de linge d'où émerge une tête de nourrisson. L'homme se déplie, s'étire, se grandit et, sur la pointe des pieds, les bras raidis, brandit les langes haut, si haut qu'il vacille. Mais elle est là qui le tient, le rétablit et l'aide à rester aussi haut que possible, pour se donner une chance d'être entrevu par-delà ce mur qui, d'heure en heure, gagne en hauteur et éloigne les gens les uns des autres. Avant-hier, ils pouvaient se toucher ; hier, ils pouvaient se parler ; demain, ils ne pourront plus se voir.

Parvenu à l'intersection entre Bernauer Strasse et Ruppiner Strasse, Peter observe trois adolescents rigolards. L'un d'entre eux tient un rouleau de papier toilette qu'il lance par-dessus les barbelés en hurlant : « On vous le donne, c'est du double épaisseur. Comme ça, après l'avoir utilisé, vous pourrez envoyer une copie à Moscou ! »

Les soldats Fierus et Kröger regardèrent le trio s'enfuir en courant. Fierus voulut ramasser le rouleau de papier toilette.

— Laisse, fit Kröger.

Et les deux vopos poursuivirent leur va-et-vient sur le trottoir de Ruppiner Strasse.

En face, Conrad avait vu et entendu. Il avait réprimé un sourire. Pour scabreuse qu'elle fût, la plaisanterie des adolescents mettait le doigt dans le mille. Rien de ce qu'il se passait à Berlin-Est n'échappait aux

Soviétiques, et tout ce qu'il s'y faisait nécessitait leur aval. *Et il faut bien reconnaître*, se dit Conrad, *qu'on fait de la merde !* À cet égard, il trouva les ados subtils. Mais cette envie de rire, bien qu'amplifiée par sa fatigue psychologique et physique, se dilua dans une forme de gravité qui le rattrapait toujours. C'était consubstantiel à l'époque, aux événements, à son pays.

Si des adolescents en étaient à tenir ce discours, c'était qu'ils l'avaient entendu prononcé par des adultes. Il était évident que les Occidentaux ne voyaient dans la RDA qu'un satellite de Moscou, une puissance inféodée à l'URSS. Et à l'aune de tout ce que Conrad avait vécu et observé depuis son engagement dans la police du peuple, il était contraint de s'incliner devant la réalité de ce constat. Il ne trouva pas cela incommodant. Ni même déplaisant. Il trouva cela humiliant.

Adossé à la façade de la quincaillerie de Ruppiner Strasse, calé entre deux soupiraux, Conrad replia sa jambe droite, et cala le talon de sa botte sur l'une des multiples aspérités du mur fait de brique et de crépi délabré. Rester immobile pendant des heures l'éprouvait. Il alluma une cigarette et balaya la rue du regard sur cent quatre-vingts degrés. À sa droite, à une quinzaine de mètres, trois femmes et deux hommes semblaient papoter. Des habitants du quartier. Ils déversaient sans doute à voix basse leur lie sur les vopos préposés à la tâche la plus ingrate qui fût : rendre cette frontière tout à fait infranchissable.

Face à lui, sur l'autre trottoir, Fierus et Kröger allaient et venaient nonchalamment sur cinquante mètres, entre un camion stationné dans la rue, et le rouleau de barbelés qui marquait la limite à ne pas dépasser et barrait l'accès à Bernauer Strasse. À gauche de Conrad, à quatre mètres, l'extrémité du rouleau en question et, juste derrière, une pancarte indiquant l'entrée du secteur français. À maintes reprises, Conrad regarda les barbelés. Il en évaluait la hauteur ; ça le distrayait. Combien ? Soixante-dix ? Quatre-vingts ? Quatre-vingt-dix centimètres ? C'était variable. Déroulé, l'obstacle figurait une sorte de tube irrégulier hérissé d'épines dont le diamètre ne dépassait pas le mètre. Il y avait quelque chose d'hypnotique dans le reflet métallique de la clarté du jour sur les barbelés. À travers le rouleau, Conrad pouvait apercevoir la chaussée du côté ouest : même les pavés lui semblaient différents de ceux de l'Est.

De cette barrière, dont son inconscient captait qu'elle était potentiellement franchissable, Conrad détourna le regard pour le porter sur ses camarades de surveillance. Fierus et Kröger étaient toujours là, parfois de face, parfois de dos, apparemment sereins. Conrad avait fini sa cigarette. Il en alluma une autre. Il décolla son dos de la façade de la quincaillerie, fit quelques pas pour se dégourdir les jambes, s'approcha des barbelés, tendit lentement la jambe, les effleura de la semelle et retourna se positionner contre le mur. Nouvelle cigarette. Il tira à pleins poumons dessus, la consuma en quatre inspirations et, avec le mégot, en alluma une autre qu'il grilla aussi vite, suivie d'une troisième, d'une quatrième, d'une cinquième… Il fumait sans discontinuer.

14

« Demain, il sera trop tard ! »

Sur la chaussée de Bernauer Strasse, Peter observait le manège de l'homme en uniforme. Le jeune photographe s'était positionné face aux barbelés, dans l'axe de Ruppiner Strasse. Quelques confrères, dont un cameraman, avaient fait de même. Conversation de routine :

— Il ne se passe rien.

— Non, pas grand-chose. Mais l'autre, là… Il a l'air nerveux.

— Qui ?

— Le vopo contre le mur, à droite. Depuis que je suis arrivé, il a grillé au moins tout un paquet de cigarettes. Jamais vu un mec fumer comme ça ! Il n'arrête pas. C'est une cheminée.

Il est des choses qui ne s'apprennent ni à l'école ni dans les livres. Elles relèvent du flair de chacun, de la sensibilité. Pesait sur l'atmosphère, au coin de Ruppiner et de Bernauer, quelque chose d'impalpable et, paradoxalement, d'éminemment concret, une tension malaisante dont Peter présageait qu'elle ne se dissiperait que dans le fatras de l'imprévu. C'était inexplicable et évident. Pour patienter, Peter se saisit de son appareil et fit le point sur une des griffes du fil de fer barbelé, comme il l'avait toujours fait sur un détail de l'obstacle, à l'hippodrome de Hambourg.

Les heures passèrent. Sur la chaussée, des badauds allaient et venaient. Parfois, ils s'agrégeaient en une grappe et commentaient l'invraisemblable partition de leur ville. Tous se félicitaient d'être du bon côté, mais bourdonnaient d'indignation à l'endroit des gardes-frontière. Une Opel Blitz noire de la police ouest-berlinoise glissa au pas jusqu'à eux et s'immobilisa : il fallait empêcher que ça dégénère, car les provocations étaient incessantes.

— Bande de lâches ! Vous êtes les larbins des Russes !

En face, aucune réaction des vopos.

— Eh, venez ! Il est encore temps de nous rejoindre. Vous devriez sauter maintenant. Demain, il sera trop tard !

Venir ? La tête dans la fumée d'une énième cigarette, la vue et l'ouïe brouillées, Conrad perçoit ces éclats de voix lointains mais proches. « Rejoins-nous ! » Il ne saurait dire s'ils traduisent des conseils d'amis ou des moqueries d'ennemis. Il les entend dix fois, vingt fois, autant de fois que l'injonction est vociférée par ces inconnus qui paradent avec insistance et assurance de l'autre côté des barbelés. « Viens ! »

Le bon sens commande de le reconnaître : à l'avenir, les occasions de passer de l'autre côté ne seront pas si nombreuses pour ignorer celle qui se présente à lui en cet instant. Du voisinage provient le fracas chaque jour plus sonore des pavés qu'on déchausse, des trottoirs qu'on arrache, d'une ville qu'on troue, qu'on démonte, qu'on saccage, pour mieux y ériger un mur. À quelques encablures de là, ouvriers et soldats s'affairent. Nul doute que demain, ils seront ici, au croisement de Ruppiner et de Bernauer, et Dieu seul sait où lui, le simple vopo, il sera ! Franchir les barbelés aujourd'hui éviterait d'avoir à jouer les escaladeurs demain, mais…

Mais pour l'heure, les barbelés sont là. Comme Fierus et Kröger, si attentifs, mortellement vigilants. Venir ? Partir ? En a-t-il vraiment envie ? En a-t-il vraiment besoin ? Il n'a jamais pensé à faire défection. Il ne craint pas de devenir un traître. Mais eux, ceux d'en face, que lui veulent-ils ? Pourquoi se préoccupent-ils de son sort ? Égoïstes ! Menteurs ! Comment le traiteront-ils si, d'aventure, il les rejoint ? En espion ? En ennemi ? Le mettront-ils en prison ? Il n'a que dix-neuf ans après tout ! Tempête sous un crâne. Encore une cigarette.

15

Pulsion

Il est presque 16 heures.

Peter s'est exercé à faire le point sur les barbelés autant de fois que Conrad a fumé de cigarettes.

Adossé au mur de la quincaillerie, le vopo jette un regard sur le trottoir d'en face. Fierus et Kröger lui tournent le dos.

Maintenant.

DEUXIÈME PARTIE

1

Six secondes

Il faut imaginer la scène au ralenti. Elle dure six secondes, sécables en une infinité de micro-instants. Il y a d'abord ce mégot, dont Conrad se débarrasse d'un geste vif qui solde la tension accumulée. Il tranche avec une nonchalance feinte depuis l'aube.

Peter a vu.

Il sait.

Oui, maintenant.

Quatre pas d'élan.

Le cognement des bottes sur le pavé, inaudible sous les battements du cœur qui se soulève.

Et lui avec.

Conrad va décoller.

Peter va déclencher.

Appel pied gauche à Berlin-Est.

Conrad décolle.

Peter déclenche.

Conrad s'élève.

Peter a déclenché.

Conrad pédale sur les barbelés, comme suspendu à d'invisibles fils fixés au ciel.

Introuvable gravité.

Le vertige à un mètre du sol.

Un petit saut, d'une infinie longueur.

Il se débarrasse du fusil.

Peur plurielle.

Conrad entend déjà la détonation qui ne vient pas.

Fierus ?

Kröger ?

Qui va tirer ?

Réception Berlin-Ouest pied droit.

Le fusil tombe à terre.

C'est une arme automatique, elle peut, elle va se déclencher.

Carnage en vue.

Non. Conrad est certain d'en avoir verrouillé la sécurité.

Mais de quoi peut-il encore être certain, là, maintenant ?

Adrénaline. Sueur.

Toujours pas de détonation.

Un policier ouest-allemand ramasse le fusil.

Une, deux, trois, quatre, cinq, c'est interminable, six, sept, huit, encore une, neuf…

Neuf foulées.

Minibus Opel noir, porte latérale ouverte.

Un bras d'officier en sort. Agrippe celui de Conrad. Le tire à lui. Conrad s'affale à l'intérieur. La portière glisse. Claque. Six secondes de mouvement. Six secondes d'impulsivité. Six secondes sans préméditation.

Conrad est en nage.

— Où l'emmenez-vous ? hurle Peter.

— Au poste !

L'Opel démarre. Fierus et Kröger ne tirent pas. Trop tard. Trop loin.

Hans Conrad Schumann, policier du peuple de la République démocratique allemande, vient de passer à l'Ouest. Il réclame une cigarette. On la lui donne. C'est une américaine. Avec filtre.

2

Interrogatoire

— Comment vous appelez-vous ?

— Hans Conrad Schumann.

— Date et lieu de naissance ?

— Le 28 mars 1942, à Zschochau.

— Épelez.

Il épela.

— C'est dans la Saxe, entre Dresde et Leipzig.

— Que faisiez-vous à Berlin-Est ?

— J'étais vopo. Policier du Peuple.

— Quel grade ?

— Sergent.

— Pourquoi avez-vous fait défection ?

— Je ne sais pas…

— Vous ne savez pas ?

— Je ne sais pas. Je veux devenir citoyen de la République fédérale d'Allemagne.

— Où se trouve votre famille ?

— Dans la Saxe. J'ai un frère et une sœur. Ils vivent avec mes parents.

— Vous les abandonnez ?

Conrad se rendit subitement compte qu'il ne rompait pas seulement avec son passé. Certes, il était sain et sauf, *a priori* libre, mais affleurait déjà, sous une forme nouvelle, ce sentiment d'intranquillité qui l'avait habité depuis quelques jours… Fugacement, il pensa aux représailles auxquelles sa décision exposait potentiellement sa famille. Il déboutonna son veston militaire, en échancra le collet. Il dégoulinait de sueur.

— Donc, vous les abandonnez ?

— Non… Mais je n'ai pas pensé à ça, je voulais sauter.

— Êtes-vous marié ?

— Non.

— Quelles sont vos motivations ?

— Vivre ici.

— Pourquoi ?

— Parce que je ne peux plus vivre là-bas.

— Pourquoi ?

— Je refuse de tirer sur des citoyens allemands.

— Les vopos ont l'ordre de tirer sur les civils ?

— On doit tirer sur les fuyards.

— Pourquoi avoir pris ce risque ?

— Parce que je ne pouvais plus…

— Vous ne pouviez plus quoi ?

— Je ne pouvais plus supporter ce qu'il se passe depuis qu'ils ont décidé de sécuriser les frontières.

— Que voulez-vous dire ?

— Les gens ne peuvent plus circuler librement. Tout le monde est surveillé. Même nous ! Des surveillants surveillent les surveillants.

— Qui vous surveillait ?

— Je ne sais pas.

— Quand avez-vous décidé de fuir ?

— Tout à l'heure.

— Tout à l'heure ?

— Oui, ça m'a pris d'un coup. J'ai commencé à y penser dans la journée, quand j'étais au coin de Ruppiner Strasse. Mais j'avais peur.

— Vous n'aviez rien prévu ?

— Non, je n'avais rien prévu.

— Y a-t-il eu un élément déclencheur ?

— Non… Oui… Les gens me disaient de venir…

— Les gens vous disent de venir et vous venez ?

— C'était aujourd'hui ou jamais. Demain, il y aura un mur à la place des barbelés.

— Une autre raison ?

— Non.

— Cherchez.

— Hier, j'ai vu des officiers empêcher une petite fille de rentrer chez ses parents à Berlin-Ouest. Elle avait dormi à l'Est, chez ses grands-parents.

— Et ?

— Elle pleurait.

— …

— Je ne l'ai pas supporté.

— Vous n'avez rien fait ?

— Non.

— …

— Je n'ai rien pu faire. Ma pire expérience de vopo.

— C'était où ?

— À la gare de Friedrichstrasse.

Les questions s'accumulaient, précises, courtes, souvent redondantes. Conrad avait l'impression justifiée de se répéter.

— Vous me prenez pour un espion ?

— Non, on veut juste savoir qui vous êtes. Pour l'instant, vous restez là. De quoi avez-vous besoin dans l'immédiat ?

— D'une cigarette. Et j'ai faim. Vous avez du pain ?

— Vous voulez un sandwich ?

— Oui, un sandwich.

— À quoi ?

— Au pâté de foie.

Pris dans l'essaim des curieux – policiers et journalistes avaient investi le poste de police, s'y pressaient et jouaient des coudes pour apercevoir le dénommé Conrad –, l'officier éleva la voix :

— Trouvez-moi un sandwich au pâté de foie ! Maintenant !

Peter eut le réflexe de fouiller ostensiblement dans sa poche et d'en extraire quelques marks qu'il confia à une petite main préposée au casse-croûte du transfuge. De l'officier, il obtint – « en attendant » – l'autorisation de photographier Conrad. Il capta sa mine hagarde face à tant d'agitation. Seconde photo. Peter ne le reverrait sans doute jamais puisque sa vie était à Hambourg, où il rentrerait sans tarder. L'un de ses confrères l'apostropha :

— Et tout à l'heure, tu l'as eu ?

— Quand ? À Bernauer Strasse ?

— Oui. Tu l'as eu quand il a sauté ?

— Je pense. En tout cas, j'ai quelque chose.

— Moi je l'ai raté. J'étais trop à gauche, mal placé.

— Pas de chance…

— Écoute, je travaille pour le groupe de presse Spinger. Si tu viens avec moi à la rédaction, on pourra développer ta photo et voir ce qu'il en est.

Son agence ayant des accords commerciaux avec Spinger, Peter accepta la proposition sans imaginer un seul instant que la pellicule de son appareil recelait un document dont la portée provoquerait une onde de choc aux conséquences tentaculaires. Tout s'enchaîna : la découverte de la rédaction du *Bild Zeitung*, la rencontre avec le patron, les négatifs, le dessin de l'argentique sur le papier glacé… Et enfin, sortie du révélateur, la photo de Conrad Schumann en lévitation sur les barbelés. Les journalistes du *Bild Zeitung* se regardèrent et se comprirent.

— On publie.

Et peu importait qu'au même moment, une immense foule ouest-berlinoise en liesse, après avoir réclamé qu'il lui fût présenté au balcon de la mairie, acclamât le vopo Schumann, interloqué de provoquer un tel tapage, et le propulsât au rang de héros pour avoir osé fuir une scène de crime. Certes, il y aurait d'autres photos de lui, mais aucune n'égalerait jamais ce cliché, pris par un môme de vingt ans débarqué la veille à Berlin. Cette photo écrasait tout. Elle débordait de sens.

Schumann était le premier, à jamais le premier.

3

« Le saut dans la liberté »

En Allemagne, tout le monde ou presque lit le *Bild Zeitung*. Surtout ceux qui ne l'achètent pas. Il en est ainsi aujourd'hui ; il en fut ainsi dès 1952, date de création de ce quotidien inspiré des tabloïds anglais ; et il en était ainsi en 1961, lorsque son rédacteur en chef, Karl-Heinz Hagen, décida de publier la photo de Peter Leibing. L'image avait tout pour séduire cet homme féru de politique, qui n'arrivait pas à se résoudre à la partition de son pays. Pourfendeur du communisme et du pacte de Varsovie, il les rejetait avec un égal dégoût. Il avait connu mille vies – et même la prison, aux prémices de la Seconde Guerre mondiale, pour un mot de travers. Puis il avait intégré la presse. Devant une machine à écrire de journaliste, il escomptait toujours trouver un homme de tempérament et non un poète, car il estimait vaine la mission du poète dans un monde pris de soubresauts. À ses yeux, la poésie relevait du génie, et le génie de la grâce, et la grâce, ma foi, du divin, ce qui n'était pas anodin pour l'homme pieux qu'il était. N'avait-il pas, un temps, songé à se lancer dans des études de théologie ?

Dieu qu'il avait dû lui en falloir, du tempérament, à ce vopo, pour oser une telle œuvre d'art ! Elle ferait une belle double page dans l'édition du lendemain. Oui, une œuvre d'art suintante d'émotions, car porteuse d'un message d'une simplicité létale pour le régime de la RDA : « Même leurs propres troupes s'enfuient ! » C'était dire. Et le monde entier ne se priva pas de le répéter. Ah, bien sûr, ce serait une autre version que les propagandistes rouges serviraient à leurs ouailles, dont ils surévaluaient la crédulité sans craindre le ridicule. Conrad Schumann, policier du peuple, avait été enlevé par les capitalistes ! Des policiers de Berlin-Ouest avaient profité d'un instant d'inattention pour fondre sur lui, et le traîner de force, par-dessus les barbelés, jusque dans le secteur français ! Ces bandits le retenaient contre son gré ! Sans doute le torturaient-ils, mais il ne parlerait pas ! Parce que Conrad Schumann était un soldat du peuple, un volontaire, un modèle, un pur produit de la ferme communiste, où jamais semence ne faillait et récolte ne décevait… La version ne tint pas très longtemps, une poussière de temps emportée par l'implacable chronologie des événements, car au soir de son audacieuse initiative, Conrad fut prié d'accorder une interview à la radio libre de Berlin-Ouest, dont l'émetteur arrosait large et les ondes se jouaient des murs… Il s'y plia, rendant de fait obsolète la version du kidnapping, et obligeant les stratèges staliniens, au moins dans les rapports d'enquête qui nourrissaient leur fougue bureaucratique, à commuer le rapt en « défection ». Karl-Heinz Hagen secoua la tête. On les croyait seulement ridicules ; or, ils étaient aussi des imbéciles, par surcroît couverts de honte, ce qui accroissait encore leur dangerosité.

Une œuvre d'art finit toujours par porter un nom. Au pire, l'auteur précise *Sans titre*, ce qui constitue un titre en soi. Certains sont sobrement descriptifs. Quand Monet peint des coquelicots ou des nymphéas, il appelle ça *Les Coquelicots* ou *Nymphéas*, sans risque de nous mystifier. D'autres sont plus conceptuels, comme *Guernica* de Picasso, voire abscons, tel l'*In Italian* de Basquiat, dont on se demande où il veut en venir. Il existe des titres trompeurs. Pour preuve, le *Ceci n'est pas une pipe* de Magritte s'appelle en réalité *La Trahison des images*. Mais, par facilité ou par esprit pratique, le nombre en a décidé autrement, et depuis, c'est ainsi, *Ceci n'est pas une pipe* sert de référence commune.

Quant à l'œuvre d'art que venaient de signer Conrad Schumann et Peter Leibing sans se concerter, sans se parler, dans une sorte de simultanéité orgasmique, dans la magie d'une symbiose naturelle, dans la perfection d'un accord non scellé, il lui a été donné un nom subtil. *Le Saut dans la liberté*. Pas le saut « de » la liberté, mais le saut « dans » la liberté. Car la liberté ici ne se trouve pas dans le vopo lui-même, mais dans l'endroit où il s'élance. Le choix d'une préposition peut charrier de ces finesses… « Dans » suggère l'intérieur d'un lieu, transpose dans un espace délimité où l'on peut craindre de se sentir à l'étroit, voire prisonnier, si l'on en ignore l'issue. Et lorsqu'il est question de saut « dans » quelque chose, c'est souvent de l'inconnu qu'on parle… À cet égard, ce titre traduit à la perfection ce qui attendait Conrad : un inconnu dont il ne soupçonnait pas encore les pesantes composantes.

4

Marienfelde

Conrad séjourna six semaines à Marienfelde, le camp de transit dont lui avait parlé l'inconnu du métro dans une autre vie. Sans avoir jamais imaginé que cela pût arriver, il en découvrit la réalité. Elle n'était pas désagréable. Il en émanait même une gaieté particulière qui devait beaucoup au piaillement des enfants qui jouaient devant les immeubles et aux sourires de leurs parents. Cela tranchait avec la tristesse de l'ambiance est-berlinoise qu'il avait vue se dégrader et s'alourdir de craintes et d'interdits. Le bonheur des réfugiés se satisfaisait de la prévenance des hôtes qui les confiaient au personnel de la Croix-Rouge pour des visites médicales. Il n'y avait rien qui parût dégradant à Conrad, pas même les files d'attente à l'heure des repas, de la vaisselle ou pour accéder aux sanitaires. Chacun se réjouissait d'avoir su réagir à temps pour devenir libre. Les plus fortunés expérimentaient les fastes de Berlin-Ouest en se rendant au *KaDeWe*, ce temple consumériste inaccessible à la majorité des bourses est-berlinoises. Toutefois, il arrivait qu'on revînt du centre-ville avec un chapeau neuf ou une robe qu'on dépliait devant ses amies pour la leur faire admirer : la perspective d'une seconde vie justifiait bien quelque folie.

Dehors, il y avait des bancs. Ils favorisaient une forme de sociabilité, et par un soleil d'août parfois timide, mille destins s'y révélaient. On se racontait, on se projetait. Il y avait aussi des tentes sous lesquelles on pouvait s'abriter et s'asseoir sur la banquette circulaire qui en entourait le mât central. C'était spartiate, mais cela changeait des intérieurs si exigus qu'ils vous poussaient à prendre l'air aussi souvent que possible.

Conrad fut logé dans ce qu'il convenait d'appeler une « chambre réglementaire ». Elle devait faire une quinzaine de mètres carrés, et comme toutes les autres, elle était meublée d'une armoire, d'une table carrée, de quatre chaises, et d'autant de matelas posés sur des lits superposés ; il partagea donc ses nuits avec trois personnes.

— On n'en serait jamais arrivé là si l'Ouest n'avait pas passé son temps à se vanter publiquement du flot de réfugiés qui fuyaient Berlin-Est, vous ne croyez pas ? lui demanda un jour l'un de ses colocataires.

Conrad ne répondit pas. Il n'en avait pas envie. C'était un taiseux. Par nature et par nécessité. Si la crainte le faisait taire hier, il n'aspirait à présent qu'à l'anonymat et à la tranquillité. Engager une conversation, *a fortiori* politique, c'était à coup sûr être tôt ou tard contraint de se raconter. L'autre poursuivit :

— Ulbricht s'est senti humilié, c'est pour ça qu'il a fermé la frontière, non ?

— C'est comme ça, ponctua Conrad.

Il se voyait mal, après ce qu'il venait de vivre, se lancer dans de stériles chamailleries. Seul l'intéressait l'avenir qu'il envisageait à la fois avec soulagement et un zeste d'appréhension. Car si sa présence en ces lieux présageait que son cas ferait l'objet d'un examen équitable dont l'issue ne pouvait être que favorable – il suffisait d'attendre que *le dossier suive son cours*, comme il était d'usage de le dire au sein de l'administration –, il n'avait pas imaginé que les choses se prolongeraient au-delà de quelques jours.

Mais la procédure traînait. Et il n'aimait pas que ça traîne, parce qu'il était coincé ici, à quelques kilomètres de l'Est, si près de la RDA qu'il avait l'impression de sentir l'odeur des fusils et des bottes cirées.

Certains migrants du camp étaient, disait-on, repartis à Berlin-Est. Si la rumeur ne mentait pas, n'était-ce pas la preuve qu'il existait des espions à Marienfelde ? Que cherchaient-ils ? Qui cherchaient-ils ? Quel complot manigançaient-ils ? Le si symbolique et si médiatisé déserteur Schumann était-il leur cible ? Dans l'esprit de Conrad, la frontière, la seule qui importait, c'était celle qui séparait les deux Allemagnes, à trois cents kilomètres de là, plus à l'ouest. Sans doute ne se sentirait-il réellement à l'abri qu'après l'avoir franchie. Au-delà, comment l'accueillerait-on ? Quel métier exercerait-il ? L'époque conjuguait tous les possibles et toutes les inquiétudes. On savait qu'il y aurait du travail, qu'on pourrait toujours gagner sa vie, mais qu'il faudrait s'intégrer, s'adapter à un matérialisme, et s'accommoder d'un individualisme inédit, pour qui venait d'un monde, dont l'idéal, bien que mensonger, empruntait à la fraternité et à la solidarité.

Il sembla à Conrad que les autorités n'en auraient jamais fini avec lui. Il eut droit à la visite des délégués des trois nations alliées. Au Britannique, à l'Américain puis au Français, il répéta ce qu'il avait déjà dit à la police fédérale. On lui demanda ce qu'avaient été les ordres, heure par heure, dans la nuit du 12 au 13 août, et il répondit avec précision. On lui demanda quand et comment il avait su que la RDA allait fermer ses frontières et il répondit qu'il l'avait découvert au cours de sa mission, en temps réel. On lui demanda pourquoi il était passé à l'Ouest et il répondit qu'il ne voulait pas vivre dans une cage. On lui demanda ce qui lui avait paru le plus douloureux dans l'exercice de son métier et il répondit que la perspective de tirer sur des civils l'avait révulsé.

— Donc vous confirmez qu'il a été donné ordre de tirer ? insista le préposé à l'interrogatoire.

— Oui.

— Avec ou sans préavis ?

— Sans.

— Vous dites que vous ne l'auriez pas fait. Soit. Mais vos anciens camarades, eux, le feraient-ils ?

— Je ne sais pas.

— D'après vous, quel pourcentage de vopos tireraient sur des fuyards ?

— Je ne sais pas. Mais je suis persuadé qu'il y en a qui ne le feraient pas. Ou qui viseraient à côté.

— Comment sont recrutés les vopos ?

— Le Parti envoie certains de ses membres dans les campagnes, les usines, les ateliers, les administrations, partout. Leur discours est bien rodé. Ils font miroiter une carrière avec des avantages. À ceux qui veulent étudier, ils expliquent qu'ils auront droit à une bourse après avoir servi pendant au moins deux ans.

— Quelles sont les recommandations faites aux vopos par les officiers de la police du peuple ?

— Ils nous conseillent de nous méfier de vous.

— Qu'entendez-vous par « vous » ?

— Ils disent que tous ceux qui traînent le long de la frontière côté ouest sont des criminels. Ils affirment qu'ici la population est en conflit avec la police, que vous retenez les Berlinois de l'Ouest contre leur gré, et que vous tirez sur ceux qui veulent passer à l'Est.

— Les gens pensent que c'est vrai ?

— Globalement, non. En tout cas, moi, j'ai bien vu qu'il n'en était rien.

— Parlez-moi de votre formation. Dresde, Potsdam…

Alors il parla de Dresde, de Potsdam, fouilla sa mémoire, s'offusqua d'avoir à s'épancher sur ce qui, à ses yeux, n'était que futilités, ce à quoi son interlocuteur rétorqua que c'étaient justement les détails qui l'intéressaient, que tout était important, et il notait, notait tout, noircissait des feuilles entières de son écriture de mouche, et ça n'en finissait plus, et il en voulait toujours davantage, revenait à la charge quand Conrad ne savait pas quelque chose parce qu'il avait forcément oublié certains éléments, et ça recommencerait avec un autre, puis un autre de ces messieurs des services spéciaux, et on l'essorerait, parce que le Renseignement s'emploie à essorer tout ce qui peut l'être.

— Savez-vous que d'autres vopos se sont enfuis quelques jours après vous ?

— Non, je ne suis pas au courant.

— Ils sont ici, à Marienfelde. Avez-vous eu des contacts avec eux ?

— Non, comme je vous l'ai dit, je ne suis pas au courant.

— Vous êtes le premier, vous le savez ?

— C'est ce que j'ai cru comprendre, mais je suis fatigué de tout ça. Je souhaite rester discret.

Conrad était l'homme de la photo. Iconique. En uniforme, tête baissée sous son casque, il y était méconnaissable. Quant à son nom, dont tout le monde avait entendu parler, il était si répandu en Allemagne qu'il lui valait une flopée d'homonymes. Dès lors, en transit entre deux vies, il pouvait raisonnablement espérer rester dans l'ombre jusqu'à ce jour béni où lui seraient remis ses papiers d'identité et un aller simple pour le bonheur.

Ce jour survint quand les tilleuls de Marienfelde commencèrent à perdre leurs feuilles : l'automne arrivait. Avec ses tourments…

5

La famille Kreuzer

Certaines familles sont douées pour le bonheur. C'était le cas des Kreuzer. Le père, la mère et les trois enfants auraient pu figurer sur une de ces affiches publicitaires qui, dans les années 1960, vantaient les avantages de telle ou telle compagnie d'assurances. Elles donnaient à voir des gens figés dans une joie de vivre sans contrainte, naturellement tournés vers un avenir empreint de toute la confiance que confèrent la certitude de s'élever socialement et la perspective de se construire un patrimoine à la faveur d'un travail garanti et d'un salaire décent.

Chez les Kreuzer, il y avait une télévision, un réfrigérateur, une machine à laver le linge, un téléphone et, devant la maison, une voiture que le chef de famille, de retour du bureau, s'appliquait à garer chaque jour au même endroit, devant le portillon qui ouvrait sur le jardin. C'était sa place, et aucun voisin n'aurait songé à la lui contester. Le cumul de ces signes extérieurs de confort marqua Conrad dès son arrivée dans sa famille d'accueil. Il avait été conduit là par un membre de la police de Guntzbourg, la bourgade bavaroise où les autorités fédérales l'avaient parachuté. On lui avait vaguement demandé son avis. Il avait répondu qu'il n'avait pas de souhait particulier, si ce n'était de vivre libre et dans l'anonymat, loin du tourbillon qu'avait provoqué sa désertion immortalisée par un photographe dont il était à deux doigts de maudire la talentueuse dextérité.

— Les Kreuzer sont des gens bien. Ils forment une famille… comment dire… normale. Voilà, c'est le mot. Ce sont des gens normaux. Vous serez bien chez eux, lui avait dit l'homme qui lui avait été présenté comme son tuteur.

— Combien de temps vais-je rester là-bas ?

— Le temps qu'il faudra.

— C'est-à-dire ?

— Nous allons nous revoir pour faciliter votre adaptation. Quand vous aurez un travail, vous pourrez vous installer où il vous plaira. Mais ne brûlons pas les étapes. Votre avenir est ici. Il nous importe au plus haut point. Tout se passera bien.

De cet échange, Conrad déduisit confusément qu'il n'était pas un réfugié comme les autres. Il lui sembla que la réussite de son installation à l'Ouest constituait un enjeu particulier aux yeux des autorités. L'idée le rassurait autant qu'elle l'incommodait. Certes, il sentait qu'on ne l'abandonnerait pas, mais il eût préféré qu'on le libérât de ce qu'il interprétait comme des obligations dont il ne pouvait pas négocier les termes. Son tuteur, le commandant Ludwig, les avait énoncés avec autorité.

— Dans un premier temps, nous nous verrons tous les lundis.

— Pourquoi ?

— Pour faire le point. J'ai besoin d'être sûr que tout se passe bien. J'ai aussi besoin de savoir qui entre en contact avec vous. Si un journaliste vous retrouve, vous êtes libre de lui répondre ou de ne pas le faire, mais je vous demande de me prévenir. Si un inconnu se rapproche de vous, il faut que vous m'en informiez et que vous me donniez son nom. S'il vous arrive quoi que ce soit qui vous paraisse bizarre, étonnant ou inapproprié, dites-le-moi.

— Je suis sous surveillance ?

— Non, vous êtes sous protection.

— Vous allez me suivre ?

Le commandant Ludwig éclata d'un rire franc.

— Certainement pas. Nous avons autre chose à faire !

Il retrouva immédiatement son sérieux.

— Mais nous sommes à votre disposition en cas de besoin.

— Je suis en danger ?

— Non, je n'emploierais pas ce terme. Vous êtes libre de faire ce qui vous chante et de fréquenter qui bon vous semble. Vous êtes en RFA, ici ! Bienvenue en démocratie ! Mais vous devez comprendre que votre défection a fortement contrarié les autorités est-allemandes, et l'on ne sait jamais ce qui peut leur passer par la tête. Il n'y a aucune raison de s'affoler, mais…

— Mais quoi ?

— Mais si j'étais à leur place, je me demanderais comment vous inciter à revenir. Or, vous n'avez pas envie de retourner là-bas, je me trompe ?

— Non, je veux rester ici.

— Voilà pourquoi notre relation a besoin de transparence et de confiance mutuelle. C'est l'affaire de quelques semaines. Les choses vont se tasser, vous verrez.

Le tuteur disait vrai. Les choses se tassèrent. La bienveillance et l'intelligence de la famille Kreuzer y furent pour beaucoup. Les parents le traitaient tel un fils – il n'avait que dix-neuf ans –, les enfants comme un grand frère. Conrad exprimait sa gratitude en participant aux tâches ménagères et en protégeant les petits lorsqu'ils se querellaient avec leurs copains. Il avait une tendresse particulière pour ces gamins, qu'il accompagnait volontiers en forêt pour les initier à la reconnaissance des empreintes animales. Au contact de la nature, il renouait avec des réflexes familiers du fils de berger qu'il avait toujours été, en dépit de l'intermède qu'avait constitué son engagement comme vopo. Personne dans la famille Kreuzer ou dans son entourage ne questionna Conrad sur son passé, ni ne fit allusion aux événements qui l'avaient fait s'échouer à l'Ouest. Les enfants ne s'y intéressaient pas, eux qui étaient de toute façon trop jeunes pour en apprécier le sens. Il doutait même que la mère, Steffie, fût au courant des conditions de sa désertion. Jorg, le père, savait. Le fait qu'il ne le questionnât jamais ne suffisait-il pas à le prouver ?

6

Peter Fechter

La délicatesse de son hôte s'illustra en particulier dans un contexte de brutalité médiatique et de cruauté politique mêlées, lorsque le monde fut informé des circonstances de la mort de Peter Fechter.

Par un soir d'août 1962, le journal télévisé dédia de longues séquences à la tragique intrépidité de deux jeunes maçons de Berlin-Est, Helmut et Peter. À dix-huit ans, ils comptaient s'offrir un avenir en passant à l'Ouest. Dissimulés dans une menuiserie désaffectée dont l'une des fenêtres, non murée, s'ouvrait sur ce que les journalistes avaient baptisé « la bande de la mort » – une sorte de couloir large d'une dizaine de mètres qui longeait le Mur –, les adolescents avaient épié les allées et venues des vopos qui surveillaient les lieux. Personne n'était autorisé à y déambuler ou à s'y égarer : on pouvait y tirer sans sommation.

De leurs minutieuses observations, les deux maçons avaient déduit qu'un court sprint prolongé d'un minimum d'agilité au pied du Mur, dont ils évaluaient la hauteur à deux mètres, suffirait à faire d'eux des hommes libres. Certes, trois fils barbelés rehaussaient l'obstacle de quelques centimètres, mais trois fils barbelés peuvent-ils décourager quiconque se sent fort de sa jeunesse et sûr de son droit ? À l'appui du récit, la télévision diffusait des clichés de photographes présents sur place et le témoignage d'une étudiante de Berlin-Ouest recueilli *a posteriori* face caméra. Son balcon jouissait d'une vue imprenable sur la dictature.

— J'ai entendu des détonations, disait-elle. Des dizaines de coups de feu. Je me suis précipitée à la fenêtre. J'en ai vu un passer. Quand il était sur le Mur, les gens de l'Ouest se sont précipités pour l'aider et pour le faire basculer de l'autre côté. Il est retombé comme un sac. Ensuite, il a hurlé : « Peter ! T'es où ? Viens ! Peter ! »

Elle répétait :

— Il a hurlé : « Peter ! Peter ! »

Elle parlait calmement, lentement, contrastant avec l'urgence de la situation qu'elle décrivait, comme pour ouater l'angoisse qui la gagnait et se dérober à l'inéluctabilité des faits auxquels elle venait d'assister. Blonde, vêtue d'un pull torsadé à col rond et à manches courtes, le port de tête magnifié d'une mise en plis encore inéprouvée – on apprendrait plus tard qu'elle se préparait à fêter son anniversaire –, elle captait l'attention malgré un regard qu'opacifiaient de larges lunettes noires. De sa nonchalante beauté émanait une douceur qui échouait à calfeutrer son récit d'un voile de quiétude. Au fil des mots, la voix se faisait plus grave :

— J'ai compris que Peter, c'était l'autre garçon.

Pointant le Mur du doigt, elle acheva de raconter :

— Il était derrière, allongé au pied du Mur, côté est. Je l'ai entendu crier : « Aidez-moi ! Aidez-moi ! » Après, il a supplié : « Venez me chercher ! » Il hurlait : « Pourquoi vous ne venez pas me chercher ? », et il se tenait le bas-ventre en gémissant. Il a crié de moins en moins fort, comme si la vie l'abandonnait progressivement. Puis il s'est tu. Il était mort. Ensuite, les vopos sont venus le récupérer. Mais pas tout de suite ! Ils ont attendu longtemps. Ils l'ont laissé agoniser pendant au moins une heure.

Une heure. C'était moins qu'il n'en avait fallu à un journaliste pour arriver sur place et témoigner en images de la pitoyable attitude des gardes-frontière est-allemands qui, se sachant filmés, avaient dégoupillé des grenades lacrymogènes près du corps inerte. S'ensuivrait, pensaient-ils, un écran de fumée qui leur permettrait de se soustraire à la curiosité de tous quand ils viendraient le récupérer. Le stratagème échoua, et le monde entier les vit, au nombre de quatre, casqués et pressés, grotesques dans leur précipitation, emporter le corps du fugitif assassiné. Une fois la fumée dissipée, les objectifs, par dizaines, convergèrent vers la tâche qui assombrissait le bitume, témoignage de l'indicible. Le sang avait coulé, le sang d'un gamin qui songeait à devenir un homme. Peter Fechter.

— Dix-huit ans… Il était plus jeune que moi, murmura Conrad, prostré sur le canapé du salon.

Les enfants étaient couchés. Steffie s'était éclipsée. Assis à sa droite, Jorg Kreutzer lui avait saisi le poignet.

— Tu ne devrais pas regarder ça. Je sais ce que tu as vécu…

C'était la première fois que Jorg faisait allusion à son histoire. Lèvres scellées, mâchoire tremblotante, Conrad ne réagit pas.

— Toute mort est insupportable, enchaîna le père de famille. Toute mort inutile l'est encore plus.

Il avait compris que Conrad s'identifiait au martyr du jour, qu'il n'était plus lui-même, ce soir-là, mais ce garçon mort que l'on voyait en boucle sur les écrans et que resurgissaient à travers lui ses angoisses d'alors. À un an d'intervalle, l'un et l'autre avaient connu la même envie, le même élan, cet appel venu des entrailles et qu'il fallait avoir éprouvé un jour pour en savoir la puissance. Ils avaient enduré la même chose, à ceci près que lui était vivant et que l'autre était mort. Aux yeux de Conrad, cela décuplait l'atrocité de ce que beaucoup considéreraient comme un simple fait divers. Il revoyait les balles qui avaient tué Peter, leur calibre, leur forme, s'en remémorait la pointe et le tranchant. Il les imagina pénétrer dans sa propre chair ; il les imagina si fort qu'il se raidit de douleur, poings fermés, bras et jambes tendus. Le spasme évacué, surnageant de son trouble, une pensée qu'il n'avait jamais formulée, mais qui sommeillait en son for intérieur, lui fit desserrer les dents :

— Je me suis souvent demandé ce qu'il se serait passé si j'avais accroché les barbelés, si j'étais tombé, s'il n'y avait pas eu cette voiture de police dans laquelle je me suis jeté, si les autres m'avaient tiré dessus...

— Ne te pose pas ces questions.

— Pourquoi lui ? Pourquoi pas moi ?

— Il ne faut pas culpabiliser. Tu es vivant, c'est tout.

— Jorg... Les barbelés... Je les ai effleurés...

— Tu les as franchis, Conrad. Tu as réussi. Tu peux en être fier, et à présent, tu dois te tourner vers l'avenir.

« Fierté » ? « Avenir » ? Ce qu'il venait de voir le ramenait à son passé de vopo, à la honte d'avoir servi un régime définitivement honni. Il eut une pensée pour les parents de Peter Fechter. Comment apprendraient-ils la nouvelle ? Que leur dirait-on ? Sauraient-ils un jour la vérité ? Subiraient-ils des représailles ? Ces questions sans réponse le ramenaient à sa propre inquiétude pour ses parents. Que savaient-ils de son sort ? Avaient-ils reçu les lettres que, depuis près d'un an, il leur envoyait tous les quinze jours ? Il dut admettre que ces questions le préoccupaient plus qu'il ne l'admettait, plus qu'il ne le montrait, et qu'inconsciemment, il avait tenté de les mettre en sourdine pour ne pas s'embarrasser de pensées néfastes.

C'était à vomir.

Il vomit.

7

Un martyr emblématique

La photo du cadavre de Peter Fechter fit le tour du monde. On l'y voyait la joue droite plaquée au sol et les jambes vaguement repliées en chien de fusil. Aux pieds, des chaussettes : les fuyards s'étaient débarrassés de leurs chaussures avant de traverser la « bande de la mort », persuadés qu'ils feraient moins de bruit quand ils sauteraient par la fenêtre. L'image scandalisa, autant pour ce qu'elle disait des prédispositions sanguinaires du communisme qu'en raison de la lente agonie du jeune homme. Il était resté seul pendant près d'une heure, se vidant de son sang, à la vue de tous, sans que personne prît le risque d'intervenir.

Pourtant, il était là, à trente centimètres du territoire sous contrôle américain ; seulement trente centimètres, l'épaisseur du Mur… Lorsque les gardes-frontière avaient ouvert le feu, nourri, tout le monde avait réagi, mais personne n'avait agi. Côté ouest, les GI avaient pointé leur fusil vers les vopos ; par réflexe, au cas où… Se sentant menacés, les vopos s'étaient mis à l'abri pour temporiser, restant à distance de leur propre mur au pied duquel Fechter se tordait de douleur. Ce faisant, ils honoraient la raison d'État dont le propagandiste et journaliste vedette Karl-Eduard von Schnitzler déclinait les principes à la télévision est-allemande : « La vie de nos braves garçons en uniforme vaut plus que la vie d'un hors-la-loi. » Ainsi, tout le monde ayant peur de tout le monde, personne n'avait bougé. Initiative dérisoire, quelques Berlinois de l'Ouest avaient lancé des pansements par-dessus le Mur. Fechter n'avait jamais pu s'en saisir. Mais qu'en eût-il fait ? C'était d'un bloc opératoire qu'il avait besoin.

Alors la colère s'exprima, éruptive, spontanée. Les Berlinois de l'Ouest lancèrent des cailloux par-dessus le Mur, par tonnes, qui rebondissaient dans le No Man's Land. Ils hurlèrent : « Salauds ! Assassins ! Lâches ! » En face, on avait l'habitude. Aux soldats américains, les Berlinois avaient dit : « Allez-y ! Qu'est-ce que vous foutez ? Allez-y, il est en train de mourir ! » Mais y aller, c'était violer trente centimètres de territoire ennemi. Y aller, c'était risquer une balle. Et pour y aller, il eût fallu qu'un ordre émanât du gradé qui, discipliné, en référa au général Watson qui dirigeait la garnison de Berlin, lequel, méthodique, téléphona à Washington où, procédurier, un conseiller demanda moult détails avant d'informer le président Kennedy qui finalement ne donna jamais l'ordre. Au nom de la *Realpolitik* et en vertu d'un contexte déjà suffisamment tendu entre les deux blocs de la Guerre froide. L'infortuné Peter Fechter ne valait pas le risque de voir les choses dégénérer en affrontement global ; il serait donc mort dans le cadre d'une « affaire intérieure est-allemande » et, au paradis des dégâts collatéraux, pourrait se targuer de ne pas avoir provoqué une guerre nucléaire.

Dans les jours qui suivirent, la rage ouest-berlinoise redoubla d'intensité. Elle cibla autant la clique des marionnettes de l'Est que les forces alliées, avec une agressivité particulière envers les Américains, accusés de se contrefiche du sort de la jeunesse allemande. Qu'un jeune allemand, qu'il fût de l'Est ou de l'Ouest, meure de cette manière ravivait le sentiment que Berlin était occupée des deux côtés du Mur. Car c'était l'occupant qui empêchait les manifestants de se rapprocher du Mur. Et ce fut donc contre cet occupant que se retourna la jeunesse. D'un côté, Conrad se sentait solidaire de cette fureur froide ; de l'autre, il acquiesçait aux arguments de Willy Brandt, qui, s'il disait comprendre la colère de la rue, ne cessait d'enjoindre la population à un minimum de réflexion et de retenue.

— Le maire de Berlin a raison, il ne faut pas perdre ses nerfs ! tonna Conrad.

— C'est précisément ce que tu es en train de faire, lui fit remarquer Jorg.

— C'est vrai. Mais à l'Est, ils n'attendent que ça, que les habitants de Berlin-Ouest se soulèvent. Ils se délectent du spectacle, et je sais déjà comment ils vont exploiter ces manifestations. Ils diront que l'occupant empêche la jeunesse de rallier Berlin-Est. C'est absurde.

— Personne ne les croira, si ?

— À Berlin, pas grand monde. Mais dans le reste du pays, on vous fait avaler n'importe quoi. Regarde-moi. J'ai cru à ce qu'ils nous disaient. J'ai cru à leur projet d'une société meilleure. En réalité, ce sont des menteurs et des tueurs.

Ce que Conrad craignait inconsciemment, c'était que l'Allemagne de l'Est ne transformât ce tragique assassinat en une victoire médiatique. Cette hypothèse le révulsait. Car il entrevoyait dans la mort de Peter Fechter, potentiellement délétère pour l'image de la RDA, un événement susceptible d'en chasser un autre qui le concernait au premier chef : sa défection. Il s'en voulait de raisonner ainsi, mais ne pouvait s'empêcher de penser qu'il y avait là un enjeu salvateur pour son avenir : passer au second plan, se faire oublier, sortir de l'esprit des autorités est-allemandes dont il subodorait qu'elles n'avaient jamais digéré l'humiliation qu'il leur avait infligée en franchissant les barbelés de Bernauer Strasse.

Affaire Schumann… Affaire Fechter… Derechef, la grande Histoire avait croisé un destin individuel. Mais ces affaires n'existaient-elles pas, dans l'opinion publique, que par leur médiatisation ? Une macabre comptabilité tenue par la presse présentait Fechter comme la vingt-septième victime du Mur. Mais qui donc étaient les vingt-six autres ? Personne n'en avait entendu parler. Pas d'images. Pas de photos. Pas de témoignages. Pas de traces. Donc pas de victimes dans l'inconscient collectif. Ils n'étaient que des fantômes. Avec Fechter, on tenait enfin un martyr emblématique, dont l'agonie s'affichait sur tous les écrans du monde libre et s'imprimait dans tous les esprits. Cet épisode parviendrait peut-être à chasser le sentiment d'insécurité qui habitait Conrad. Mais suffirait-il à lui rendre une sérénité qui le fuyait depuis un an ?

8

Spleen à l'Ouest

— Qu'est-ce qui ne va pas ? demanda le commandant Ludwig.

— Je n'en sais rien.

— Vous vous êtes marié. Comment s'appelle votre femme, déjà ?

— Gunda. Son vrai prénom, c'est Cunégonde, mais elle préfère qu'on l'appelle Gunda.

— Voilà, Gunda. Vous l'avez rencontrée au travail, c'est ça ?

— Oui, à l'hôpital.

— Vous avez eu un fils.

— Oui, Erwin.

— Vous aurez des choses à lui raconter plus tard. C'est encore un bébé.

— Oui, il va avoir trois ans.

— Vous avez un travail, une femme qui vous aime et que vous aimez… Enfin, je l'espère !

— Oui, bien sûr.

— Vous avez déménagé et vous avez acheté une bonne voiture, il me semble ?

— Oui, une Volkswagen.

— En RDA, vous auriez poireauté une dizaine d'années sur liste d'attente, et vous auriez fini en Trabant, c'est-à-dire en panne ! Et sans pièces de rechange... Je ne vois pas bien ce que je peux faire pour vous. Vous avez tout pour être heureux. Profitez de la vie, mon garçon !

— Oui.

Conrad disait oui à tout. C'était une manière de prolonger un échange dont il avait besoin, sans pouvoir en déterminer exactement la raison. Les lundis de débriefing qui lui avaient été imposés par les autorités ouest-allemandes depuis son arrivée en Bavière s'étaient rapidement espacés, pour ne plus se résumer qu'à de brefs et rares rendez-vous honorés à sa demande, quand il les estimait indispensables.

— Vous avez reçu de nouvelles lettres de vos parents ?

— Maintenant, ils m'écrivent à peu près régulièrement.

— Je sais.

— Si vous le savez, pourquoi vous me demandez ?

— Simple réflexe. Il ne faut pas croire tout ce qu'ils vous racontent.

— Ce sont mes parents !

— Nous en avons déjà parlé. J'imagine que ce sont des personnes à votre image, d'honnêtes gens. Ce n'est pas la probité de vos proches qui est en cause, mais celle des autorités est-allemandes.

— Ils insistent. Ils disent que je peux revenir à Zschochau, que les choses sont rentrées dans l'ordre, qu'ils ont obtenu l'assurance que je n'aurai pas de problèmes.

— Et vous avez envie d'y retourner ?

— Pas pour y vivre. Mais ils me manquent, et je voudrais leur rendre visite. Pour les rassurer. Pour qu'ils sachent que tout va bien pour moi.

— Ils le savent, puisque vous le leur avez déjà écrit. Mais soyez toujours mesuré dans vos propos, parce que…

— Oui, je sais ! Je ne dois pas oublier que quand j'écris à mes parents, je n'écris pas qu'à eux… Mais vous êtes sûr de ça ?

— C'est une certitude. Je puis vous assurer que la Stasi lit vos lettres avant vos parents ! Vous savez, intercepter une lettre pour la lire, c'est un jeu d'enfants pour la police politique. Il suffit d'une casserole, d'un peu d'eau bouillante et, avec la vapeur, l'enveloppe se décolle. Ensuite, on referme avec un filet de colle. Ni vu ni connu.

— J'aimerais leur parler de vive voix. J'ai mauvaise conscience. Ils m'assurent que je ne suis pas en danger.

— Je sais tout cela, et je vous répète que nous en avons déjà parlé. Vous vous doutez bien que vos parents écrivent ça sous la contrainte. C'est la Stasi qui leur dicte leurs lettres ! Le pouvoir est-allemand n'acceptera jamais votre évasion. Il considère que vous êtes une prise de guerre, une sorte de trophée que nous leur avons volé.

— J'ai quitté la RDA pour moi, pas pour m'en prendre au régime. Je ne fais pas de politique, je n'y connais rien.

— Peut-être, mais pour eux, c'est la honte.

— Je n'étais qu'un vopo parmi d'autres…

— Vous êtes un inconnu, certes, mais vous êtes l'inconnu le plus célèbre du monde.

— Tout ça à cause de cette maudite photo…

— Si vous n'aviez pas été photographié, vous les obséderiez moins, c'est certain. Mais vous l'avez été.

— Je ne reverrai jamais ma famille, alors ?

Le commandant Ludwig ne répondit pas. S'il avait une forme d'affection pour Conrad, dont il avait facilité l'installation de ce côté du Mur et encadré les premiers mois d'homme libre, il se lassait de leurs conversations répétitives. Invariablement, Conrad lui exposait son mal de vivre et sa souffrance d'être éloigné d'une sœur, d'un frère, d'un père et d'une mère qu'il estimait avoir abandonnés. Formé à la psychologie, discipline encore balbutiante dont les spécialistes n'encombraient pas les couloirs des commissariats allemands, le commandant

Ludwig ne pouvait répondre autre chose que des mots vaguement rassurants et concluait toujours de la même manière :

— Vous nous faites un peu de déprime, non ? Mais ça va aller mieux.

— Dans leur dernière lettre, mes parents me supplient de revenir. Vous entendez ? Ils me supplient !

— C'est surtout la Stasi qui vous supplie de retourner là-bas ! Ces gens-là sont de fins psychologues. Ils font vibrer la corde affective, ils vous connaissent.

— Ils me connaissent ?

— Bien sûr qu'ils vous connaissent ! Partez du principe qu'ils savent tout de vos occupations, de vos passions, de vos journées. Vous pratiquez la natation et le ski ; ils le savent ! Vous allez à l'église le dimanche ; ils le savent aussi ! Vous êtes supporter du Bayern Munich ; ils le savent encore ! Vous vous êtes fait tatouer les bras ; ils le savent toujours !

Ahuri, Conrad écoutait le commandant Ludwig lui résumer sa vie en quelques phrases.

— Comment pouvez-vous affirmer que la Stasi est au courant de tout cela ?

— Parce qu'ils nous espionnent. Mais rassurez-vous, nous les avons à l'œil, nous aussi. Conrad, comprenez bien que pour eux, vous êtes un numéro. Le numéro 101615. Et à ce titre, vous faites l'objet de « mesures opérationnelles de recherche ». C'est comme ça qu'ils disent. Donc ils savent tout : ce que vous mangez, ce que vous buvez… À ce propos…

La phrase resta en suspens. Les deux hommes avaient maintes fois évoqué l'alcoolisme de Conrad. Il assurait qu'il ne buvait que pour oublier et retrouver, le temps de quelques gorgées, une insaisissable insouciance qui le fuyait obstinément. Dans l'ivresse, Conrad pensait au mirage de retrouvailles familiales. Chimères !

Jusqu'au jour où…

9

Piège

S'il avait souvent rêvé de grimper à bord d'un train pour aller à la rencontre de ses parents, Conrad n'avait jamais imaginé que l'inverse pût se produire. Pourtant, c'était bien son père qui l'attendait devant la petite maison d'Oberemmendorf, le village natal de Gunda, où Conrad avait déménagé quatre ans auparavant. Nous étions alors en 1974 et, à son retour de l'usine Audi d'Ingolstadt, où il travaillait désormais comme opérateur de machines, Conrad avait immédiatement reconnu la silhouette paternelle.

Les événements inattendus ont ceci de particulier qu'ils peuvent en sidérer les acteurs et brouiller leur esprit. Conrad, auquel la vie avait inculqué qu'un pessimisme latent préserve de bien des déceptions, pensa au pire, c'est-à-dire à la mort de sa mère, de son frère ou de sa sœur. La présence de son père ici ne pouvait qu'être annonciatrice d'un malheur.

Il se trompait.

À Zschochau, tout le monde allait bien. Signe évident de détente, le père avait obtenu l'autorisation de se rendre en Bavière pour y voir son fils. Subitement, après treize années de séparation. Mais les autres membres de la famille avaient été priés de rester à la maison. L'hostilité était toujours tapie dans les replis de l'interdit. La conversation fut brouillonne, engourdie de non-dits et d'omissions entre les questions de l'un et les réponses de l'autre. Quand le père voulait savoir pourquoi son fils était parti, ce dernier s'inquiétait de l'éventuelle déception de son père. Quand le fils demandait si les lettres des parents avaient bien été écrites par eux et par eux seuls, il s'entendait répondre que les siennes, de lettres, étaient bien arrivées à destination ! De quel inconfort ou de quel trop-plein d'émotion ce dialogue chaotique était-il le signe ?

— Que vous a-t-on raconté sur moi ? s'enquit Conrad.

— Au début, on nous a dit que tu avais été enlevé, que des soldats américains avaient profité d'un instant de somnolence de ta part pour se jeter sur toi et te traîner jusqu'à eux, à Berlin-Ouest.

— Qui vous a raconté ça ?

— Des gens… Après, d'autres nous ont expliqué que tu avais été payé par un journaliste français pour déserter. Ils ont dit que tu avais touché mille marks. Des marks de l'Ouest !

— Papa, regarde.

Conrad se retourna et montra le seul cadre qui ornait les murs nus du salon. Sous verre, la photo de Peter Leibing ; elle lui avait été offerte par un journaliste auquel Conrad avait accordé une interview, lors du cinquième anniversaire de la construction du mur de Berlin.

— C'est qui ? demanda le père.

— C'est moi, papa.

— Toi ?

— Oui, moi. Un photographe a pris cette photo lorsque j'ai sauté par-dessus les barbelés. Je l'ai fait de mon plein gré. Personne ne m'a obligé, personne ne m'a rien donné, personne ne m'a payé.

Son père découvrait la photo. Il eût fallu une vie pour le convaincre de sa portée géopolitique et de la puissance de propagande qu'elle représentait pour l'Occident. Il revint à l'essentiel, ce pour quoi, au fond, il avait fait le déplacement :

— Je suis venu te dire que tu pouvais rentrer. Avec ta femme et avec ton fils. Tu n'as plus rien à craindre ; ça fait longtemps, maintenant.

— Qui t'a envoyé pour me dire ça ?

— Personne...

Il y avait, dans la molle dénégation du père, trop de tristesse pour qu'elle recelât la moindre once de vérité. Conrad n'en retira qu'une certitude qui le fragilisa un peu plus encore : il ne reverrait jamais sa famille.

10

Un match RFA-RDA

Son père reparti en Saxe, Conrad avertit le commandant Ludwig, auprès duquel il savait pouvoir s'épancher. Ensemble, ils disséquèrent le discours de son père, du moins ce que Conrad en avait retenu.

— Il n'était pas clair.

— Il n'était pas clair parce qu'il était mal à l'aise.

— Pourquoi ?

— Parce qu'il était en service commandé.

— Pourquoi ne me l'a-t-il pas dit ? Nous étions à la maison, personne ne pouvait nous entendre.

— C'est la force de la Stasi. Elle entre dans les têtes. Elle vous convainc de sa toute-puissance, vous persuade qu'elle est partout, et vous dissuade d'essayer de la tromper. « Trahison, sanction, prison » : ils ont le sens de la rime, là-bas… Votre père vous a dit ce qu'on lui a demandé de vous dire.

— Vous croyez qu'il était surveillé ?

— Pas forcément. Mais il était essentiel qu'il le croie. Et il l'a cru.

— Et moi, vous pensez que je le suis encore ?

— Rien ne permet de l'affirmer, mais tout incite à le penser.

— Pourquoi ?

— Parce que ces gens-là n'abandonnent jamais. La visite imprévue de votre père en témoigne. Tout cela vous ébranle, et c'est normal, c'est le but. Ne perdez jamais de vue que vous les avez ridiculisés.

— Sans le vouloir…

— Le stratagème des lettres n'a pas fonctionné, alors ils tentent le contact direct. Le père, le fils, l'autorité parentale, vous voyez le topo ? Mais ça, c'est la méthode douce…

— Et l'autre méthode, c'est quoi ?

Le psychologue se leva, ouvrit les portes d'une armoire en fer et, pendant qu'il en extrayait un dossier rempli de coupures de presse et de feuilles volantes dactylographiées, poursuivit :

— Je crois savoir que vous aimez le football…

— Oui. Je suis à fond derrière le Bayern !

— Moi aussi. Le Bayern nous a fait vivre une grande année, n'est-ce pas ? Le club a remporté la Coupe d'Europe des clubs champions et la plupart de ses joueurs formaient l'ossature de l'équipe de la RFA, qui a été sacrée championne du monde en juillet.

Conrad savait tout cela. Quelques semaines auparavant, il avait assisté à la finale, au Stade olympique de Munich, qui lui était d'autant plus familier qu'il s'y rendait régulièrement tout au long de l'année. Les deux hommes dissertèrent sur l'élégance de Franz Beckenbauer, la puissance de Hans-Georg Schwarzenberg, l'efficacité de Gerd Müller, l'agilité de Sepp Maier, la jeunesse prometteuse d'Uli Hoeness, ou la science du penalty de Paul Breitner – « Le maoïste de la bande, c'est pas lui qui aurait sauté par-dessus les barbelés, hein… » ironisa le commandant. Et, une fois l'atmosphère détendue, après avoir rivalisé de savoir sur les mérites des uns et des autres, ils en vinrent à évoquer le match RFA-RDA, qui avait marqué le premier tour de l'épreuve. Contre toute attente, la RDA l'avait remporté, sans pour autant provoquer l'élimination de la RFA.

— Vous étiez pour qui ?

— La RFA, la question ne se pose pas ! lança Conrad.

— Un bon point pour vous, s'amusa le commandant. Vous lisez la presse ?

— Pas trop.

— Vous devriez, on y apprend plein de choses. Tenez, lors de ce match qui s'est déroulé chez nous, à Hambourg, mille cinq cents supporters est-allemands seulement étaient présents. Sur soixante mille spectateurs, ça pèse pas lourd. Et encore : ceux qui ont été autorisés à faire le déplacement ont été dûment sélectionnés. La plupart étaient membres du Parti. Les autres devaient répondre à tout un tas de critères : y aller seuls, sans leur famille – vous comprenez maintenant pourquoi votre père est venu seul ? –, ne pas avoir de proches en RFA, avoir déjà voyagé à l'étranger et en être revenus bien gentiment...

— C'est dans les journaux, ça ?

— Plus ou moins... Mais ce que vous ne lirez pas dans les journaux, c'est la suite. À l'occasion de ce match, la Stasi a discrètement loué un appartement à Hambourg. On y a retrouvé une malle.

— Une malle ?

— Oui, une grosse malle, dans laquelle les agents de la Stasi avaient sans doute projeté de cacher un éventuel fugitif pour le ramener à l'Est. La bonne nouvelle, c'est qu'ils sont repartis sans elle. La mauvaise, c'est que ces gens-là ne perdent jamais le nord. Ils anticipent, sont toujours à l'affût. Avec eux, aucune trêve ! Alors, ne vous hasardez pas à mettre le pied à Zschochau. Je vous déconseille fortement ne serait-ce que d'y penser. Je ne suis même pas sûr que vous parviendriez à destination une fois la frontière franchie. Dans votre cas, pour ce que nous savons, le retour volontaire, c'est quinze ans au minimum. Et le retour involontaire, c'est la peine de mort.

— Vous êtes vraiment psychologue ? hasarda Conrad.

— Vous êtes dans un commissariat, ici. Disons que la psychologie est une petite part de mon métier…

Conrad avait de longue date diagnostiqué la paranoïa du régime est-allemand. Il en découvrait maintenant le supplément de dangerosité : elle était contagieuse.

11

Homme de journaux

Sa vie durant, Conrad Schumann accorda des entretiens à la presse mondiale. Elle se rappelait avec insistance à son souvenir, en général à l'approche du mois d'août. Recueillir le propos du premier fugitif de l'Est relevait de l'évidence quand il était question d'évoquer l'anniversaire de la construction du mur de Berlin. Ainsi, Conrad devint l'objet inévitable de reportages qui, au fil des ans, finirent par se ressembler. Immanquablement, la photo de Peter Leibing illustrait l'article. Elle était bien pratique, cette photo, car elle permettait à Conrad de refuser qu'on lui tirât le portrait à nouveau : secrètement, il se disait qu'au cas – peu probable – où la Stasi consentirait à l'oublier, il n'était pas nécessaire de lui rafraîchir la mémoire en paradant dans la presse. L'ours n'est-il pas l'animal symbolique de Berlin ? Il s'agissait donc de ne pas le réveiller inutilement…

Le gamin qui, jadis, s'était joué des barbelés de Bernauer Strasse avait disparu, le visage s'était empâté, le trait épaissi, la silhouette tassée. « Le type de la photo », celui dont on connaissait mieux la silhouette en suspens que le patronyme, n'était identifiable que par ses proches et par certains collègues de l'usine Audi, où – beaucoup, d'ailleurs, découvraient son histoire à cette occasion – il était arrivé que des caméras vinssent le filmer, passant outre ses réticences. Écartelé entre le fantasme d'une vie sans histoires et les figures imposées d'un destin extraordinaire, il se résignait à nourrir la bête journalistique, qui restait néanmoins sur sa faim. Conrad s'efforçait toujours de tempérer l'enthousiasme de ceux qui voyaient en lui un héros de la culture populaire, comme s'il importait d'atténuer préventivement la colère silencieuse du régime communiste qui le considérait comme un traître promis au peloton d'exécution. On en revenait donc à chaque fois aux mêmes choses : un, j'ai fui parce que la scène de la fillette empêchée de retourner auprès de ses parents m'a révolté ; deux, je ne regrette rien, même si je suis coupé de ma famille.

— Et sinon, que devenez-vous ?

— Rien de particulier. Je vis simplement.

Qu'aurait-il pu ajouter ? Que la déprime le gangrenait ? Que la culpabilité le rongeait ? Que l'amertume le rattrapait ? Qu'il buvait trop ? Que son existence enfin lui semblait creuse, comme si elle était restée suspendue en l'air au-dessus des barbelés ? Il n'y avait, dans cet inventaire de maux, rien qui fût à l'avantage de Conrad, rien qui eût pu passionner cette démocratie individualiste où chacun, après tout, était responsable de son propre bonheur. La sagesse commandait de s'abstenir de livrer des détails sur sa vie personnelle, ce qui lui convenait d'autant plus qu'il ne s'estimait pas suffisamment intellectuellement charpenté pour produire des discours conceptuels sur la liberté, le courage civique, le sens de la citoyenneté, le cours de l'Histoire ou la subtilité de la géopolitique. En somme, toutes ces choses qu'aux yeux du monde il avait incarnées malgré lui. D'un tel bagage, d'autres auraient fait une carrière. Lui n'en avait ni l'envie ni la carrure.

Il y avait pourtant beaucoup à dire sur cette photo dont on l'entretenait systématiquement. Les journalistes qui lui rendaient visite rêvaient qu'il se l'appropriât au point d'en commenter tous les aspects, d'en décliner toutes les significations. Son évocation ne convoquait-elle pas pléthore de figures littéraires ? Un esprit inspiré eût tôt fait d'en extraire la puissance métaphorique, de souligner la richesse allégorique, de célébrer la dimension oxymorique de cette image où rien ne bouge et où tout semble en mouvement, un mouvement inerte qui fait immanquablement penser à cette chose impalpable et délicieuse qu'est la liberté. Il est si difficile de décrire la liberté. Il ne s'agit après tout que d'un concept : elle ne se dessine pas, n'a ni forme, ni couleur, ni saveur particulières. Pourtant, ici, la liberté s'incarne en argentique dans cette silhouette suspendue sur du papier glacé.

Regardez-la.

Elle vous dira que si la liberté était une figure, ce serait une pirouette.

Si la liberté était une maladie, ce serait la rage.

Si la liberté était un sport, ce serait le sprint.

Un animal ? Soyons polysémiques : pourquoi pas l'élan ?

Un lieu ? Berlin, bien sûr !

Une couleur ? Le noir ! Le blanc !

Ah ? Ce ne sont pas des couleurs ? Le gris, alors…

Le gris de cette photo et de nulle autre, exclusivement celle-là, celle de Conrad Schumann franchissant les barbelés aux prémices de la construction du mur de Berlin, celle du premier homme qui défonce le rideau de fer en quasi-mondovision. S'en dégage une légèreté incompréhensible quand on songe à l'uniforme, aux bottes, au casque, au fusil, bref à tout le barda qui passe à l'Ouest avec lui. Sans compter le poids de la décision, qui pèse chaque jour un peu plus…

Oui, il y avait tant à dire, mais on en revenait toujours à la même chose : la fillette et l'absence de regrets, faible contenu d'un marronnier journalistique d'autant plus rebattu que durant l'été, l'actualité a tendance à se mettre en veille, et qu'un vieux dicton de salle de rédaction suggère que quand l'info manque de talent, le journaliste doit avoir des idées…

L'occasion de le vérifier survint en 1986, à l'occasion du 25e anniversaire de la construction du mur de Berlin : une chaîne de télévision proposa à Conrad de rencontrer Peter Leibing.

— Qui ?

— Peter Leibing ! L'homme qui vous a photographié à Bernauer Strasse !

— Ah, lui… Vous croyez que c'est une bonne idée ? Il m'a fait beaucoup de mal avec sa photo.

— Vous regrettez qu'il l'ait prise ?

— Il faisait son travail, je ne peux pas le lui reprocher. Mais…

— Mais ?

— Cette photo, j'en suis l'objet, tout le monde la connaît, tout le monde en parle, elle est sortie dans beaucoup de journaux, en Allemagne et à l'étranger… Moi, je n'ai jamais retiré un seul mark de tout ça.

— C'est formidable ! Vous allez pouvoir en parler avec Peter !

— Il est prêt à me rencontrer ?

— Il ne demande que ça ! Nous avons son accord de principe.

— Je vous préviens, je risque de ne pas être très aimable…

— Vous pourrez vous expliquer avec lui. Ce sera un beau moment de télévision…

12

La rencontre

Ce fut une de ces émissions dont la télé occidentale des années 1980 se repaissait : on y parlait peu et l'on y applaudissait beaucoup. La séquence présentant Conrad et Peter fut diluée dans un show consacré aux années 1960. Les questions du présentateur occupèrent plus d'espace que les réponses des invités, comme l'exigeait le genre télévisuel émergeant de l'*infotainment*. C'était lui la vedette, ce grand blond cintré dans un smoking rouge – oui, rouge, avec nœud papillon et chaussettes à l'avenant – qu'encadraient deux hommes au visage de parchemin et vêtus d'un gris qui faisait écho à la photo, leur photo, qui occupait l'écran géant du studio. Conrad, qui n'était pas homme à délayer, enfila les banalités habituelles – la fillette, aucun regret – et Peter, qui était venu avec son appareil photo – sans doute à la demande de la production –, l'exhiba au public, qui applaudit quand il le fallut, c'est-à-dire avant et après l'écran de publicité. On parvint même à sourire quand Peter souligna que son Exakta était de fabrication est-allemande, et il n'y eut ni esclandre ni dispute en direct, aucune manifestation d'animosité ou d'agressivité de la part de Conrad envers Peter. L'essentiel s'était joué la veille.

Quand il avait pénétré dans le restaurant où les deux hommes s'étaient donné rendez-vous, Conrad trimbalait son mal-être chronique et s'illusionnait de pouvoir s'en débarrasser en disant ce qu'il avait sur le cœur à qui de droit. Enfin ! Au passage, peut-être récupérerait-il quelque dividende sonnant et trébuchant de son implication dans la si célèbre photo ! Si elle pouvait *in fine* générer quelque chose de positif, c'était cela : de l'argent. Il se sentait armé pour négocier. Il aurait face à lui un homme qu'il ne connaissait pas, dont le visage lui serait d'autant moins familier qu'il n'en avait rien observé ni retenu vingt-cinq ans auparavant, dans le rush de son saut puis la ruche du commissariat de Berlin. Les présentations faites, dans une courtoisie polaire, Conrad attaqua d'emblée :

— Vous avez dû vous faire un sacré pognon avec ma photo.

— J'aurais bien aimé. Malheureusement, non.

Peter s'efforça de prendre les choses avec détachement. Conrad flaira une arnaque. C'était de bonne guerre. Il insista :

— Elle a quand même fait le tour du monde, cette photo ! Et une photo, ça se paye, c'est pas gratuit.

— Vous avez raison, une photo, ça se paye, mais les choses ne se passent pas comme vous l'imaginez.

— Tiens donc ! Allez-y, ça m'intéresse…

— Il y a vingt-cinq ans, j'étais un petit stagiaire dans l'agence qui m'employait. Toutes les photos que j'ai faites, la vôtre comme les autres, ne m'appartiennent pas. Les négatifs, je les ai tous confiés à l'agence. C'était dans mon contrat. Je donnais tout. C'est l'agence qui traitait avec les clients, c'est elle qui vendait et empochait le fruit de ces ventes.

— Et vous allez me dire qu'elle ne vous reversait rien ?

— Non. Que la photo soit vendue une fois ou cent fois, je n'ai jamais touché que mon salaire.

— Donc on ne peut rien faire ?

— L'agence Contipress a fait faillite en 1980. Elle croulait sous les dettes. Lors de la liquidation, tout le fonds photographique a été confisqué par l'administration fiscale de Hambourg. Le directeur des archives de la ville a ensuite vendu le négatif aux enchères. Je suis en plein procès avec eux, mais ça n'en finit pas, et ça n'en finira jamais. Je ne suis même pas sûr que tout cela en vaille la peine.

— Pourquoi ?

— Parce que la publication du cliché se monnaye quelques dizaines de marks, pas plus. Sans compter que toutes les photos de vous que vous voyez traîner ne sont pas issues de mon négatif…

— D'où alors ?

— Vous ne vous le rappelez sans doute pas, mais je n'étais pas seul à vous photographier lorsque vous avez sauté. Regardez bien la photo. À gauche, il y a une silhouette. Elle n'est ni dans le cadre ni hors du cadre. D'ailleurs, ça m'a plus gêné qu'autre chose.

— Qui est-ce ?

— Un cameraman qui bossait pour une agence de formation dépendant du ministère de l'Intérieur. Si ça peut vous consoler, sachez qu'il travaillait gratuitement ! Il s'appelle Dieter. Il vous a filmé. La séquence dure quelques secondes. Et des petits malins se sont amusés à en extraire une image arrêtée. Ça donne un cliché un peu flou qui ressemble à notre photo mais qui n'est pas notre photo. Si vous comparez les deux documents, vous verrez que sur la fausse photo, vos jambes sont légèrement croisées. Une fausse photo, mais une aubaine pour ceux qui l'utilisent : elle est gratuite.

Conrad ne disait rien. Peter lui parlait avec douceur, comme il eût consolé un enfant.

— Je comprends votre amertume. Je la partage, même, poursuivit-il. Le problème de cette photo, c'est qu'elle n'appartient à personne. Elle appartient à tout le monde. C'est un document patrimonial, universel. Ce n'est pas tant la qualité technique de la photo que le contexte qu'elle transcrit qui en fait la valeur. Même si je dois reconnaître que j'en ai personnellement tiré une forme de bénéfice…

— Comment ?

— Vous connaissez l'Overseas Press Club ?

— Non.

— Moi non plus. Enfin j'en ignorais l'existence jusqu'à ce que ses membres me contactent. Un jour, j'ai reçu un appel. On me décernait le prix de la Photo de l'année. À moi ! Petit stagiaire d'une obscure agence hambourgeoise ! Le club est basé à New York ; il regroupe des journalistes renommés qui œuvrent à la promotion de la liberté de la presse, à la sauvegarde de son indépendance, et à une meilleure compréhension entre les peuples. Enfin c'est ce qu'ils disent. C'est si loin, tout ça… C'était en 1961. J'avais vingt ans. Ça m'est tombé dessus comme ça. Évidemment, j'en ai été très flatté. Ce prix est une distinction mondiale, la plus prestigieuse dans ma catégorie.

— Ça vous a permis de faire carrière…

— La photo n'a boosté ni ma carrière ni ma notoriété. Parfois, il arrive qu'on me dise : « Ah, c'est toi qui as pris cette photo ? Pas mal ! Félicitations… », et ça s'arrête là. Les gens oublient…

À défaut d'argent, Conrad comprit qu'il avait gagné un ami. Tous deux convinrent qu'ils se reverraient avec leurs épouses. Entre eux s'établit un lien étrange et indéfectible, vingt-cinq ans après ces six secondes décisives.

13

"Mister Gorbatchev, tear down this wall !"

Il est grand, plus grand que Conrad ne l'a imaginé. Tout à l'heure, quand on le lui a présenté, Conrad lui a tendu la main. Il l'a ignorée pour l'enserrer d'une étreinte virile et, en l'empoignant par les épaules, l'a remercié d'être là avant de se retourner pour apostropher son épouse :

— C'est lui ! Je te présente Conrad Schumann, l'homme qui a vaincu le Mur. J'ai personnellement souhaité qu'il soit là parmi nous.

Maintenant, debout devant le pupitre, il captive son auditoire. Sa voix porte, elle est claire, enjôleuse. Assis à sa droite, sur la tribune dressée devant la porte de Brandebourg – quelques dizaines de mètres et une immense vitre pare-balles les en séparent –, la tête rejetée en arrière, Conrad le fixe d'en bas, comme s'il faisait allégeance. Ce qu'il estime n'avoir jamais obtenu de son pays, cette reconnaissance qui l'a toujours fui et dont il présume qu'elle aurait dopé son moral, ce petit rien qui donne confiance, qui valide votre appartenance au camp de la raison, ce minimum d'égards dus à celui qui souffre de vivre sous pression – celle des médias, des autorités qui jadis l'ont accablé de questions dont il ignorait les réponses, d'un ennemi invisible et néanmoins permanent –, c'est un pays étranger qui se charge de l'en gratifier. Bien sûr, Conrad n'est dupe de rien : ni de l'exploitation médiatique qui sera faite de sa présence en ce lieu et en ce jour, ni des arrière-pensées entre lesquelles se concluent les seuls accords qui vaillent… Il figurera en bonne place sur la photo, il le sait et s'en félicite. Gunda aussi, qui n'aurait décliné l'invitation pour rien au monde.

En ce 12 juin 1987, Conrad se remémore les rares fois où il a remis les pieds à Berlin – toujours à l'Ouest, cela va de soi. Chaque nouvelle visite l'angoissait, avec ancrée au fond de l'estomac, l'impression de flirter inutilement avec le danger. Invariablement, son regard circulaire butait contre le Mur d'un gris neutre qui se perdait dans un ciel à peine plus clair. À Berlin-Ouest, Conrad faisait toujours l'oppressante expérience d'un espace de liberté paradoxalement cerné d'infranchissables futaies. Il lui fallait s'éloigner du Mur, le soustraire à son champ de vision, pour desserrer le carcan imaginaire qui étreignait sa cage thoracique. Mais en ce jour de festivités du sept cent cinquantième anniversaire de la ville, rien de tel. Il est serein. Le « déserteur » se sent en sécurité. Intouchable. Du bon côté. À l'ombre de l'homme qui parle avec brio, il s'enorgueillit d'être là quand le quarantième président américain, prenant à témoin vingt mille Berlinois, et à travers eux l'humanité tout entière, conclut son discours en des termes qui feront date :

— Monsieur le secrétaire général Gorbatchev, si vous voulez la paix, si vous voulez la prospérité de l'Union soviétique et de l'Europe de l'Est, si vous voulez la libéralisation, présentez-vous à cette porte ! Monsieur Gorbatchev, ouvrez cette porte !

Et de laisser monter les applaudissements avant d'enfoncer le clou :

— Monsieur Gorbatchev, abattez ce mur !

« *Mister Gorbatchev, open this gate ! Mister Gorbatchev, tear down this wall !* » Longtemps, cette phrase serait douce à son oreille. Que son regard vînt à se poser sur la photo souvenir de sa rencontre avec Reagan, et Conrad vibrerait à l'écho de la prière présidentielle. Cent fois. Mille fois. Systématiquement. De cette journée berlinoise où il s'était affiché avec le chef du monde libre, Conrad paierait le prix : il fut explicitement exclu de l'amnistie générale décrétée quelques semaines plus tard par la RDA. Qu'importe. La photo était là, qui occupait le mur du salon, en lieu et place de l'autre cliché que Conrad avait remisé on ne sait où. Certainement pas, en tout cas, dans les poubelles de l'Histoire, dont rien n'augurait et nul n'imaginait à quel point elle allait bientôt s'emballer…

14

9 novembre 1989

Ce jour-là, Conrad travaille dans l'équipe du soir. Il rentre tard de l'usine. Gunda est survoltée.

— Le téléphone n'arrête pas de sonner !

— Que se passe-t-il ?

— Le Mur est en train de tomber ! Regarde !

La télévision témoigne de l'improbable. Le peuple est-berlinois escalade le Mur, puis se fond en un fleuve de joie qui coule jusqu'au Kurfürstendamm. À Check Point Charlie, les barrières se lèvent sur le passage de Trabant, aux couleurs de bonbons acidulés. Ici, on s'embrasse entre inconnus ; là, des vopos, métamorphosés en agneaux, font une haie d'honneur à ceux sur lesquels ils auraient volontiers tiré la veille. Pas une victime, pas un coup de feu, pas d'effusion de sang. Conrad en est comme anesthésié. Des larmes montent qu'il faut sécher à la hâte pour répondre au téléphone. On appelle de toutes parts, sans cesse. On veut une réaction du plus célèbre des fugitifs. Aux uns comme aux autres, à la radio américaine comme à la presse néo-zélandaise, Conrad dit simplement qu'il est « heureux », que pour la première fois depuis vingt-huit ans, il se sent « libre », et qu'il est bon d'imaginer que les Allemands de l'Est puissent « découvrir la réalité occidentale ». Comme toujours, économe de ses mots et de ses émotions, il leur sert des généralités. Rien dans ses propos ne trahit quelque forme de haine que ce soit envers les vaincus de l'Histoire. Au contraire, une expression mesurée qui procède d'une joie sobre.

La chute du mur de Berlin propulse Conrad en vitrine de la boutique médiatique. On se l'arrache. Ici, pour une conférence de presse ; là, pour signer des affiches du *Saut dans la liberté* ; plus loin, pour poser en compagnie d'inconnus. Il est partout, saute sur les plans de la ville, les pochettes d'allumettes, les cartes téléphoniques ou les cendriers. On l'imprime. On le sculpte. Sa silhouette en trait d'union entre l'Est et l'Ouest devient une marque dont il ne saurait dire où filent les fructueuses recettes. Il voudrait empocher sa part au nom du droit à l'image, mais cette notion lui est étrangère. Réclamer ? Se plaindre ? À qui ? Comment ?

De fait, il n'a pas pu empêcher que la photo soit prise. Le 15 août 1961, aurait-il dû demander au préalable : « S'il vous plaît, messieurs, pas de photo, je saute incognito » ? *Idem* pour la publication : il ne s'en est jamais plaint. L'une et l'autre relèvent de la liberté de la presse. Pensez donc ! Un cliché pris sur la voie publique, dans le cadre de l'activité professionnelle de l'intéressé ! Arguer d'un préjudice ? Lequel ? La dépression ? Les crises d'angoisse ? L'amertume ? L'alcoolisme ? Qui prouvera que la photo est responsable de tant de souffrances ? Après vingt-huit ans... Mieux valait porter plainte contre Moscou ! Le principe d'immunité de ceux qui exploitent son image joue à fond. Alors, Conrad se tait : il ne s'appartient plus, car son image ne lui appartient plus, pas plus que Peter ne peut se targuer d'en détenir les droits.

Ah, Peter ! Honni autrefois, ami désormais. Conrad aime à le retrouver. Il goûte son érudition, son calme, sa modestie, son sens pédagogique, quand il lui résume les enjeux de l'époque. Alors que l'Allemagne ne parle que de sa réunification, le débat public s'enflamme autour d'une question symbolique : quelle date choisir pour la fête nationale ?

— Le 9 novembre, ce serait bien, non ? suggère Conrad.

— Tu es fou ? sursaute Peter.

— C'est pourtant évident.

— C'est la pire des dates !

— Pourquoi ? Le Mur tombe, l'Allemagne va être réunifiée...

— Conrad, réfléchis une seconde ! Le 9 novembre, c'est le 9 novembre 1918, le jour où est née la république de Weimar, qui nous a menés à Hitler !

— Ah…

— 9 novembre 1923 : premier putsch d'Hitler. 9 novembre 1938 : « nuit de cristal », ça te parle ?

— Ah…

— Et je pourrais en rajouter… 9 novembre 1948 : exécution de Robert Blum…

— Ce pays a un problème avec le 9 novembre.

D'un coup, l'œil de Peter s'éclaire.

— On devrait leur proposer le 15 août, le jour de ton saut !

— Trop proche du 13.

— On s'en fout.

— Déjà pris.

— Par ?

— L'Assomption.

— Pas partout.

— Chez moi, en Bavière, c'est l'Assomption.

— C'est parfait, ça ! En réparation de toutes tes souffrances, la patrie reconnaissante ferait un parallèle entre la Vierge Marie qui monte au ciel, et toi qui t'élèves dans le ciel de Berlin. C'est nickel !

— Notre photo deviendrait une icône !

— L'Église nous verserait des droits d'auteur !

— Tu blasphèmes, Peter.

— T'es vraiment devenu plus bavarois que les Bavarois.

— Toi, tu seras toujours un mécréant Hambourgeois !

Avec Peter, Conrad se sent bien. C'est peut-être le seul avec lequel il n'a pas peur d'être lui-même.

15

Le pasteur Fischer

Conrad et Peter revinrent plusieurs fois au coin de Ruppiner Strasse et de Bernauer Strasse. C'était un pèlerinage que leur imposaient régulièrement des journalistes, documentaristes ou historiens curieux de fouiller leur mémoire, d'en racler le fond dans l'espoir de recueillir un improbable et ultime souvenir qui distinguerait leurs travaux. Un jour qu'ils arpentaient Bernauer Strasse, bien après que le Mur eût disparu, ils tombèrent sur un échantillon du génie architectural du communisme : à hauteur d'Ackerstrasse, non loin de leur lieu fétiche, filait, sur quelques dizaines de mètres, un pan du Mur. Il était intact, sans graffiti, avec, en son sommet, cet arrondi qu'un théoricien de l'anti-impérialisme avait naguère imaginé pour dissuader quelque fugitif d'y accrocher son grappin. Il semblait neuf, dans sa hideuse perfection. Quelques touristes faisaient des photos.

— C'est curieux, ce mur. Personne ne le regrette, mais tout le monde veut le voir, dit Peter.

— Je me demande pourquoi ils conservent ça. C'est moche et douloureux.

— Fais confiance aux promoteurs immobiliers, ricana Peter. Ils sont à l'affût. Viendra le moment où tout sera détruit.

— Jamais !

Conrad et Peter se retournèrent. Un inconnu venait de s'immiscer dans leur conversation. C'était un homme de petite taille. Cravate noire sur chemise blanche, manteau gris sur costume noir, il transpirait l'intellectuel.

— Jamais, répéta-t-il. En tout cas, pas tant que Dieu me laissera en vie !

— Vous êtes… ? demanda Peter.

L'homme sourit en manière d'excuse.

— Pardonnez-moi de vous apostropher de la sorte. Je suis le pasteur Fischer. Manfred Fischer.

Profitant d'un moment de flottement, il enchaîna :

— Je sais qui vous êtes. Je vous ai observés pendant la séance photo tout à l'heure, au coin de Ruppiner. Je vous ai suivis. Je rentrais chez moi. Vous empruntiez le même chemin.

— Et chez vous, c'est où ?

— Ici.

Le pasteur pointa une bâtisse et, la découvrant, Peter s'exclama :

— Mais oui ! Tout me revient à présent ! En 1961, à mon arrivée à Berlin, j'avais pris le bus et j'étais descendu ici pour photographier des paroissiens en colère parce que le Mur les empêchait d'accéder à leur église. Je me rappelle même son nom : le temple de la Réconciliation. La maison, là, c'est le presbytère, et en face, il y a l'église. Attendez…

Peter tournait sur lui-même en scrutant l'horizon.

— Elle est où, l'église ?

— Elle est là, dit le pasteur en pointant le menton vers un terrain vague sur le trottoir d'en face.

— Il n'y a plus d'église ?

— Non.

Le pasteur Fischer leur rafraîchit la mémoire : l'église avait été détruite en 1985, sur ordre de Honecker, soucieux d'élargir la « bande de la mort ».

— Ils l'ont dynamitée, vous vous rendez compte ? Et nous avons assisté au spectacle, impuissants, sur le trottoir d'en face.

— Plus d'église, plus de paroisse, conclut Conrad.

— Détrompez-vous ! J'ai pris cette paroisse en 1975, à ma demande. Pendant toute la durée de mon ministère, j'ai organisé les offices au presbytère en espérant qu'un jour l'église redeviendrait accessible. Hélas, nous avons dû faire le deuil de cette idée.

Tout en parlant, à l'invite muette du pasteur Fischer, Conrad et Peter s'étaient naturellement rapprochés du vestige du Mur.

— Comprenez bien, ce n'est pas le pasteur qui parle, c'est le citoyen. On ne fait pas disparaître les constructions d'une ville, sinon on occulte son histoire... Cela vaut pour notre église comme pour ça.

Le pasteur avait posé la paume de chacune de ses mains sur le béton armé.

— Ça, dit-il, c'est l'arme du crime. Que fait la police quand il y a un crime ? Elle conserve le couteau ou le pistolet. Eh bien là, c'est pareil. Ce mur, c'est l'arme du crime. À cause de ce mur, l'Europe a été coupée en deux. Ce mur, c'est une pièce à conviction. On ne dissimule pas une pièce à conviction. Voilà pourquoi je me suis permis de vous interrompre lorsque vous avez émis l'idée que ce pan de mur soit retiré.

— Si je comprends bien, vous souhaitez qu'on ne touche à rien.

— En tout cas, pas à cette portion. Elle doit perdurer. Je me bats pour ça. Et jusqu'à ce jour, j'ai gagné.

Le pasteur fixa silencieusement ses interlocuteurs. Ses grands yeux bleus brillaient derrière les verres ovales de ses fines lunettes. Il se rapprocha du béton, tendit les bras, écarta les jambes et, du front aux orteils, y plaqua tout son corps. Il masquait un trouble que son débit, tremblotant, trahissait.

— Vous savez, pour comprendre d'où il vient et où il va, l'homme a besoin de quelque chose de concret, qu'il puisse toucher. La compréhension passe par l'expérience corporelle. Tout le reste, c'est du papier. Les écrits, ça finit toujours par être contesté, tandis que ça...

Il cogna le Mur du poing droit.

— … Ça, c'est du vrai !

La démonstration bouleversa Conrad. Il admit que la sauvegarde de cette disgracieuse balafre de béton serait utile à cet exercice auquel les Allemands étaient rompus de longue date : l'entretien de la mémoire.

— Vous ne retrouverez jamais votre église, dit Peter. Mais en retrouverez-vous une autre ?

— Dieu merci, oui ! Une chapelle de la Réconciliation sera construite sur les fondations de l'église détruite. Un édifice tout en rondeur, en bois, écologique. Les murs intérieurs seront faits d'un torchis qui contiendra des fragments de brique de l'ancien bâtiment. On sentira les aspérités, on les touchera. Nous intégrons l'ancien dans le nouveau, parce que le passé, s'il nous importe, ne doit jamais dominer.

« Le passé ne doit jamais dominer » murmura Conrad, admiratif de tant de vivacité d'esprit.

16

Retour en enfance

Ne jamais se laisser dominer par le passé. La gageure supporterait-elle le voyage à Zschochau ?

Quand il revint dans son village natal, Conrad comprit instantanément que l'hypothèse de s'y établir à la retraite ne résisterait pas à la réalité. Cette idée lui avait effleuré l'esprit, Gunda n'avait pas dit non : en somme, on aviserait le moment venu. Mais ce qu'il voyait ici lui donnait-il vraiment envie ? Zschochau dormait au soleil. Il n'était guère que la façade de l'église récemment repeinte pour conférer un semblant de cachet au village figé dans le passé. L'école communale lui parut plus petite encore, et la mairie plus lugubre qu'autrefois. Un silence sinistre enveloppait le manoir abandonné. N'était-ce pas tout ce qu'il avait fui trois décennies auparavant ?

Conrad regarda son enfance se faner sous les feux de la réalité. Il faut se méfier de la puissance des souvenirs. Ils idéalisent un vécu, maquillent l'ennui, enjolivent les joies simples, élaguent le passé de ses frustrations, parfois même inventent des félicités ; la mémoire sélectionne, elle est d'une rouerie qui guide la sensibilité de l'adulte vers d'énigmatiques émotions. Conrad réprima les larmes qui lui venaient.

Les retrouvailles furent aussi chaleureuses que possible entre gens réservés. Chez les Schumann, l'intériorisation était génétique. On aimait sans effusion. Le frère aîné habitait sur place ; il avait pris la suite de son père, dont il reproduisait les gestes avec un mimétisme qui fit dire à Conrad que « les chats ne font pas des chiens ». La sœur cadette, venue de Dresde, où elle rentrerait sans tarder parce qu'elle avait « des obligations là-bas », aidait la mère en cuisine. Conrad se garda de détailler ce qu'était devenue sa vie à l'Ouest ; ça tombait bien, personne ne lui avait posé de questions à ce sujet. Il était censé être heureux, puisqu'il s'était élevé socialement, ce qui se voyait suffisamment pour qu'il veillât à ne pas en rajouter. D'ailleurs, c'était avec embarras qu'il avait garé son Audi sur le bas-côté de l'étroite route qui menait à la fermette familiale.

— Elle sort de la chaîne de montage où je travaille, c'est pour ça que j'ai pu me l'offrir. On a des prix.

Personne n'avait réagi.

— Et sinon, quoi de neuf à Zschochau ?

— Le parapente, avait répondu le frère. Tu veux essayer ?

Le club de parapente de Zschochau était récent. Il avait vu le jour peu après la réunification, dans le cadre de l'extension de l'économie de marché à l'ensemble du pays. La Saxe se persuadait alors qu'elle s'en sortirait grâce à son potentiel industriel, mais aussi au tourisme – prophétie qui avait suscité des vocations d'entrepreneur jusqu'à Zschochau, où l'ancien maire avait eu l'idée d'exploiter le relief local : alentour, les collines escarpées feraient de parfaites rampes de lancement. Au club-house, il y avait un bar et de l'ambiance. Il n'était pas nécessaire de pratiquer pour être admis dans ce qui semblait être le seul lieu de vie du village. Quand il y pénétra, dans le sillage de son frère, Conrad sentit qu'il suscitait autour d'eux une vague de murmures inamicaux. Le déclenchement des hostilités fut immédiat.

— On n'aime pas les traîtres, ici.

Estomaqué, Conrad regarda autour de lui. Une quinzaine de paires d'yeux le fixaient. Toutes ces personnes lui étaient inconnues, à l'exception, peut-être, de deux ou trois, dont le visage, les traits ou l'attitude lui évoquaient quelque chose. Mais quoi ? Une amitié d'enfance ? Une relation de voisinage ?

— C'est pour moi que vous dites ça ? demanda-t-il.

— Pour qui d'autre ? Ça se fait engraisser par les impérialistes, et ça revient comme ça, sans prévenir. Tu te crois en terrain conquis ?

— Je ne sais pas ce qu'on vous a raconté, mais…

— Ça va, ça va. On la connaît, l'histoire des Schumann…

Un homme âgé fit quelques pas. Son allure le distinguait du reste de la horde, car il portait une veste sur sa chemise. Il haussa le ton :

— Foutez-leur la paix.

— Oh, oh ! Monsieur le maire vient au secours du capitalisme.

— Je ne suis plus maire.

— Tu ne parlais pas comme ça quand tu l'étais.

— Qu'est-ce que tu dis ?

À présent, ils s'invectivaient. Conrad et son frère s'éclipsèrent, laissant l'assemblée plénière des salauds se poursuivre sans eux.

— Ce sont qui, ces types ?

— Ils étaient tous à la Stasi.

— Ils vous ont emmerdés ?

— Ça s'est calmé avec le temps. Mais parfois, ça leur reprend…

— Tu sais ce qu'on dit, à l'Ouest ? Que depuis la chute du Mur, l'ex-RDA se vide de sa population, et qu'il n'y reste que les vieux et les cons.

— Merci pour nous !

Les deux frères se regardèrent et sourirent.

17

Derniers mots

Quelques années passèrent. Souvent, Conrad repensait à l'épisode de Zschochau. Il en avait conçu une peine qu'il diluait dans l'alcool. Plus son esprit le ramenait en Saxe, plus il remplissait son verre. Longtemps, le spectre de la Stasi – officiellement démantelée – le hanta. Il s'était convaincu qu'elle avait de beaux restes. Et qui sait si l'un de ses serviteurs zélés ne projetait pas, malgré le changement d'époque, de lui faire la peau ? En lui sourdait une colère qui dévasta lentement sa vie. L'issue du procès des assassins de Peter Fechter – en 1997, trente-cinq ans après les faits – contribua à l'amplifier encore. Reconnus coupables d'homicide involontaire – oui, involontaire –, deux gardes-frontière avaient écopé d'une vingtaine de mois de prison avec mise à l'épreuve. Ils étaient « désolés ».

Un soir d'ivresse finalement comme les autres, Conrad se saisit d'un stylo et d'un bloc de papier à lettres. Sa tête bourdonnait d'idées confuses. La plume alla toute seule, sans qu'il cherchât à la retenir, et les mots, peut-être pour la première fois, vinrent d'eux-mêmes :

Je m'appelle Conrad Schumann. J'aurais pu m'appeler John Brown, Pascal Martin ou Fernando Da Costa, et les choses se seraient passées autrement. Mais je m'appelle Conrad Schumann et je suis allemand. Je n'ai jamais eu honte d'être allemand, mais je voudrais dire au monde combien il est fatigant d'être allemand. Quand on est allemand, la probabilité est forte de se retrouver piégé par l'Histoire, exposé sur la scène planétaire, jeté en pâture aux ricaneurs, mis entre guillemets, cité en référence, montré, commenté, harcelé, jugé, sanctionné. L'Allemagne est un foutu pays trop plein d'émotions contraires, trop plein de 9 novembre, trop plein d'Histoire. Avec moi, ça n'a pas loupé. L'Histoire, je l'ai prise en pleine gueule alors que je n'avais rien demandé. En tout cas, je n'ai rien vu venir. Pour un peu, je dirais même que je ne me suis pas vu venir. Peter, lui, il m'a vu venir. Je voulais simplement partir. Je voulais simplement sauter. Il a appuyé sur le déclencheur au bon moment, quand j'étais dans le champ. Et je n'ai jamais atterri. Je suis resté suspendu toute ma vie au-dessus de ces putains de barbelés. Je suis devenu le logo de la guerre froide. Cette photo m'a pris mon nom.

Conrad Schumann. Je ne suis plus que l'homme de la photo.

Conrad se relut. L'alcool l'étourdissait. D'une main, il alluma son briquet. De l'autre, il arracha la feuille manuscrite et la brûla. Non, il ne laisserait pas de lettre, ne donnerait pas d'explication. À quoi bon faire le bilan d'un excédent d'amertume, de rancune, de peur, de sentiment d'échec, d'un de ces trop-pleins qui lestent pour la vie et lèsent de l'envie de vivre ? Contrairement à son existence, sa mort ne lui échapperait pas. S'il n'avait pu profiter de l'une, il jouirait de l'autre. Il maîtriserait son destin. Enfin ! Pour une fois, une seule, la première, la dernière, il aurait prise sur une Histoire qui, entre 1961 et 1989, avait jonché les abords du mur de Berlin d'autant d'innocentes victimes que la tragique stupidité du communisme l'avait permis.

Deux cent cinquante-quatre morts, disaient les statistiques officielles.

Il avait été le premier.

Il serait le dernier.

18

Trois destins

Conrad Schumann s'est pendu le 20 juin 1998, à l'âge de cinquante-six ans. Il repose en Bavière. Il a toujours refusé de prendre connaissance du contenu de son dossier à la Stasi.

Peter Leibing est mort en 2008, peu de temps après avoir pris sa retraite. Il avait soixante-sept ans. Depuis 2011, sa photo figure au patrimoine mondial de l'Unesco. Sa veuve en a récupéré une partie des droits.

Manfred Fischer est décédé en 2013, à soixante-cinq ans, après avoir eu la joie d'inaugurer la chapelle de la Réconciliation, en 2000. Son obstination a permis la conservation du pan de Mur de Bernauer Strasse, aujourd'hui reconverti en mémorial.

ÉPILOGUE

J'ai toujours su que Conrad Schumann existait, même si je ne le connaissais pas. J'aurais été incapable de mettre un visage sur son nom si quelqu'un l'avait prononcé en ma présence. De même, je n'aurais pas su dire son nom si l'on m'avait présenté son visage. C'était plutôt une silhouette qu'il me fut donné de conserver dans la mémoire de ma mémoire, au plus enfoui de ce qui doit être mon hippocampe. C'est là, disent les neurologues, que se forment nos souvenirs les plus anciens. C'est de là, me dis-je, qu'émerge un peu de soi, rarement, uniquement à la faveur d'une circonstance, comme celle qui me conduisit, aux prémices du millénaire, à découvrir Berlin, où j'avais eu le plaisant honneur d'être nommé correspondant permanent de France Télévisions.

Au premier jour, l'évidence me guida jusqu'au musée du Mur de la ville, installé au sein d'une bâtisse sise à Checkpoint Charlie, appellation aux relents martiaux et clownesques dont la seule évocation, claquante, rythmée comme une valse, celle endiablée de l'Histoire, déclenchait en moi un feu d'artifice intime de souvenirs confus, où se mêlaient traces de lectures éparses, bribes de documentaires vus à la télé, et résidus de cours d'histoire passés au tamis du mol ennui auquel aucun lycéen n'échappe. J'avais retenu de Checkpoint Charlie que c'était le point de jonction entre l'Est et l'Ouest. C'était aussi un point de tension que résume une image où, au cœur d'un hiver diplomatique baptisé « guerre froide », des chars se tancent, ajustent leur canon, menacent de tirer et n'en font rien. J'apprendrais plus tard que ce nom faisait référence à l'alphabet phonétique de l'Otan : il existe un checkpoint C comme Charlie, car il exista un checkpoint A comme Alpha, du côté de Helmstedt, à la frontière interallemande, et un checkpoint B comme Bravo, à l'entrée de Berlin-Ouest.

Je conçus immédiatement que tout le monde devrait entrer dans Berlin par le musée du Mur. L'arpenter, y oublier le temps, celui qui passe et celui qu'il fait à l'extérieur, c'est raviver de vieilles connaissances encyclopédiques ainsi qu'on déplie un recoin de mémoire pour en délivrer une réminiscence et la laisser vivre. Ce musée remet les idées en place. Il arme l'esprit. Il me donna une chance de comprendre cette ville, ses habitants, son architecture, son mobilier urbain, son vécu souillé d'un mur comme une cicatrice ferait le tour d'un visage. Bien que ne l'ayant pas cherchée, j'y trouvai l'incarnation de la Liberté puis, d'une salle à l'autre, d'un récit au suivant, matière à cogitation et à émerveillement tant l'originalité des stratégies mises en œuvre par les migrants est-allemands en quête d'un monde meilleur me stupéfia. Entre les creuseurs de tunnels, les inventeurs d'échelles télescopiques, les concepteurs de sous-marins d'eau douce, les fabricants de montgolfières à usage unique, les créateurs de télésièges à trajectoire convexe, et les bricoleurs de bagnoles capables de dissimuler un fuyard sous la housse d'un siège préalablement évidé de sa mousse, je mesurai alors ce que le génie des hommes, doit à la bêtise d'autres hommes, et combien, là où le courage et la témérité se fondent l'un dans l'autre, l'audace voisine avec la folie.

Mais ce qui m'ébranla plus encore fut la splendide simplicité du choix de Conrad Schumann, l'initiateur de tant de vocations : lui s'était contenté de sauter. Je voyais là un réflexe d'enfant. Car au fond, que fait un enfant devant un muret ? Il s'y projette, s'assoit dessus comme pour en prendre possession, marque son territoire, passe d'un côté à l'autre pour mieux l'apprivoiser, se l'approprie, en joue. Elle était là, la flamboyante rusticité de Conrad Schumann, dans ce réflexe basique de fuite : un mur, un saut ! Et hop, affaire réglée, presque un jeu, me dis-je, les narines picotantes et sentant monter d'irrépressibles larmes, devant l'immense photo qui sacralise la furtivité, immobilise l'intensité, et matérialise ce lien invisible qui relie chacun d'entre nous à l'histoire de cet homme dont nous avons tous, un jour, croisé la photo sans – hélas ! – prendre le temps de nous y attarder. Et voilà qu'elle émergeait des annales de mon cerveau qui l'avait conservée au cas où… Je la regardai. Longtemps. Elle m'était si familière, je la savais venue de loin, tout en présageant que Conrad venait d'encore plus loin.

Mais d'où ?

Je sus instantanément qu'un jour, je tenterais de répondre à cette question.

Remerciements

Par leurs encouragements, leurs conseils, leur bienveillance, ils ont aidé à l'écriture de ce roman. Qu'ils en soient remerciés : Sabine Callegari, Valérie Fayolle, Carole Fernandez, Émilie Lanez, Alexandra Hollande-Romedenne, Michaela Werth, Mickaël Palvin, Loris Perret.

Table des matières

Le Saut vers la liberté

DEUXIÈME PARTIE

Du même auteur

Et un, et deux et trois zéro, Michel Lafon, 1998.

La belle aventure, Jean-Claude Gawsewitch, 2006.

Complètement malades !, en collaboration avec Emma Strack et Michel Cymes, Chêne, 2010.

La sexualité, que d'histoires !, en collaboration avec Emma Strack et Michel Cymes, Chêne, 2011

Laurent, en collaboration avec Valérie Fignon et Michel Cymes, Grasset, 2013.

Vivez mieux et plus longtemps, en collaboration avec Michel Cymes, Stock, 2016.

Votre cerveau, en collaboration avec Michel Cymes, Stock, 2018.

Chers hypocondriaques, en collaboration avec Michel Cymes, Stock, 2018 (*Rassurez-vous*, Livre de Poche, 2019).

Pour plus d'information :
www.lisez.com
Imprimé sur du papier issu de forêts gérées durablement.

CET OUVRAGE A ÉTÉ ACHEVÉ D'IMPRIMER SUR ROTO-PAGE
PAR L'IMPRIMERIE FLOCH À MAYENNE EN OCTOBRE 2023

N° d'impression : 103419
N° d'édition : P31780/01
Imprimé en France